La increíble historia de...

M

David Walliams

La increíble historia de...

LA COSA MÁS RARA DEL MUNDO

Ilustraciones de
Tony Ross

Traducción de
Rita da Costa

Montena

La increíble historia de la cosa más rara del mundo

Título original: *Fing*

Primera edición en España: octubre, 2019
Primera edición en México: marzo, 2020

D. R. © 2019, David Walliams

D. R. © 2019, Penguin Random House Grupo Editorial, S. A. U.
Travessera de Gràcia, 47-49. 08021 Barcelona

D. R. © 2020, derechos de edición mundiales en lengua castellana:
Penguin Random House Grupo Editorial, S. A. de C. V.
Blvd. Miguel de Cervantes Saavedra núm. 301, 1er piso,
colonia Granada, alcaldía Miguel Hidalgo, C. P. 11520,
Ciudad de México

www.megustaleer.mx

D. R. © 2019, Rita de Costa, por la traducción
D. R. © 2019, Tony Ross, por las ilustraciones
D. R. © 2010, Quentin Blake por el *lettering* del nombre del autor en la cubierta

ISBN: 978-607-319-023-7

Impreso en México – *Printed in Mexico*

El papel utilizado para la impresión de este libro ha sido fabricado a partir de madera
procedente de bosques y plantaciones gestionadas con los más altos estándares ambientales,
garantizando una explotación de los recursos sostenible con el medio ambiente y beneficiosa para las personas.

Penguin
Random House
Grupo Editorial

Para Percy, Wilfred y Gilbert

AGRADECIMIENTOS

ME GUSTARÍA DAR LAS GRACIAS A LOS SIGUIENTES MONSTRUOS:

ANN-JANINE MURTAGH

Mi editora ejecutiva

TONY ROSS

Mi ilustrador

PAUL STEVENS

Mi agente literario

CHARLIE REDMAYNE

Director general de HarperCollins

ALICE BLACKER

Mi correctora

HARRIET WILSON

Editora jefe

KATE BURNS

Editora gráfica

**RACHEL
DENWOOD**

Editora

**SAMANTHA
STEWART**

Directora editorial

**VAL
BRATHWAITE**

Directora creativa

**DAVID
McDOUGALL**

Director artístico

**SALLY
GRIFFIN**

Diseñadora gráfica

**KATE
CLARKE**

Diseñadora gráfica

**ELORINE
GRANT**

Subdirectora artística

**MATTHEW
KELLY**

Diseñador gráfico

**TANYA
HOUGHAM**

Mi audioeditora

**GERALDINE
STROUD**

*Mi directora
de relaciones públicas*

El señor Dócil

La señora Dócil

Dalia Dócil

Y un **DESTO**...

¿?

Esta es la historia de una niña

que lo tenía todo,

pero siempre quería **más**.

Concretamente, quería un...

«DESTO».

PRÓLOGO

A veces, los mejores padres del mundo tienen unos hijos que son auténticos monstruos.

Vamos a conocer el caso de la familia Dócil.

El primero es el padre, que se llama Diego Dócil. Tal como sugiere su apellido, el señor Dócil es un hombre de carácter tímido y modales exquisitos. Le gusta vestir en tonos neutros y jamás se atrevería a comer un plátano en público. El señor Dócil trabaja como bibliotecario. Le gustan las **BIBLIOTECAS** porque son lugares pacíficos y silenciosos, como él. Estamos ante un hombre incapaz de matar una mosca. O cualquier otro insecto, si en ésas estamos.

DIEGO DÓCIL

Esta de aquí es la madre de Dalia, que se llama Dorotea Dócil. Sus lentes cuelgan de una cadena que lleva alrededor del cuello.

DOROTEA DÓCIL

El momento más vergonzoso de su vida fue el día que estornudó en un autobús y todos los pasajeros se voltearon para mirarla. No les sorprenderá saber que también es bibliotecaria. Dorotea y Diego se conocieron, cómo no, en la **BIBLIOTECA**. Eran tan tremendamente tímidos que durante diez años no intercambiaron una sola palabra pese a trabajar juntos, pero al final sus corazones se encontraron en el pasillo dedicado a la poesía. Se casaron al cabo de unos años, y poco después tuvieron una hija.

DALIA DÓCIL

Esta de aquí es su hija, a la que llamaron Dalia. A lo mejor están pensando que no hay nada más tierno que un bebé recién nacido. ¡ERROR! Desde el momento que vino al mundo, Dalia fue una auténtica **PESADILLA** para sus padres. Por más cosas que le dieran —muñecos, peluches, patitos de hule—, nunca estaba satisfecha.

La primera palabra que dijo, el mismo día que nació, fue «¡más!». Lo que entonces pedía a gritos la pequeña Dalia era más leche, aunque ya había engullido casi cinco litros. «Más» era una palabra que la niña nunca se cansaba de repetir.

—¡MÁS! ¡MÁS! ¡MÁS!

Siendo como eran dóciles, tanto de apellido como por naturaleza, Diego y Dorotea no se atrevían a contrariar a su monstruosa hija. Todo lo que la pequeña Dalia pedía, fuera lo que fuera, ellos se lo daban. Le compraban juguetes y MÁS juguetes, aunque la niña no tardaba en destrozarlos. ¡CRAC! ¡CHAS! ¡CATAPLÁN!

—¡MÁS! ¡MÁS! ¡MÁS!

Cuando ya gateaba, empezaron a regalarle crayolas, MÁS y MÁS crayolas con las que Dalia garabateaba todas las paredes de la casa.

¡RAS, RAS!

Y luego las rompía en dos.

¡CRAC!

—¡MÁS! ¡MÁS! ¡MÁS!

La niña creció una barbaridad, y es que el señor y la señora Dócil sólo le daban de comer galletas

de chocolate, una tras otra, más galletas y más galletas de chocolate, y eso que Dalia disfrutaba de
lo lindo escupiéndoles las migajas a la cara.

PRIMERA PARTE

¡MÁS, MÁS, MÁS!

Capítulo 1
GRITOS

Los años fueron pasando. El señor y la señora Dócil albergaban la esperanza de que su hija sólo estuviera pasando «una mala racha», pero no tardaron en descubrir que, lejos de mejorar, el comportamiento de Dalia era cada vez peor.*

---

* O incluso «peorroroso», que es una palabra perfectamente correcta. Si no me creen, búsquenla en el **Walliamsionario**.

La fase de bebé gruñona dio paso a un primer año de pesadilla. Luego vinieron los terribles dos y los revoltosos tres.

Tras los temibles cuatro y los aterradores cinco llegaron los escalofriantes seis y los malvados siete, que dieron paso a los atroces ocho y a los ruidosos nueve.

Y vaya si eran ruidosos. Ahora Dalia desperta-
ba a sus padres todos los días al grito de...

—¡QUIEEEROOO...

... que me den un osito de peluche!

¡QUIEEEROOOOOO...

... que me den un poni!

—¡QUIEEEROOOOOOOOOO...

... que me den una maleta llena de billetes!

La niña armaba tal escándalo que hacía temblar
los mismísimos cimientos de la casa familiar.

¡ZIS, ZAS!

Los libros salían volando de las estanterías.

¡FIUUU! ¡CLONC!

Los cuadros se desplomaban.

¡PAM, CATACRAC!

El yeso del techo se caía a cachos.

¡CREC! ¡PLOF!

Del susto, los pobres señores Dócil se caían de la cama.

¡PUMBA!

Levantándose de un brinco, empezaban a correr de aquí para allá siguiendo las órdenes de su hija. Le daban a Dalia cuanto pedía, pero era en vano. Nunca tenía bastante.

Pero, ay...
Un día la niña pidió un...
«DESTO».

Capítulo 2
UN ABECEDARIO
DE COSAS

Con el paso de los años, eran tantas las cosas que Dalia iba acumulando que llegó un momento en el que apenas se podía entrar o salir de su habitación. Como pedía cada vez más y más y más cosas y sus padres no le negaban nada, la tenía cada vez más y más y más abarrotada.

La niña poseía al menos una cosa por casi cada letra del alfabeto:

Arenas movedizas. Los niños que iban a jugar a su casa y le caían mal acababan sus días aquí.

Búmeran que no vuelve. Dalia lo perdió la primera vez que lo lanzó al aire.

Campana. La niña la colgaba del cuello de su madre para saber dónde estaba en todo momento.

CHorizo de la suerte, aunque en realidad mucha suerte no tenía, el pobre.

Desechos malolientes, vaya usted a saber por qué.

Elfo.

Figuras articuladas de todos los reyes y reinas de Inglaterra desde 1066 hasta hoy.

Gusano adiestrado. Llevaba unos calzoncillos de la talla XXXXXXS.

Hormiguero con forma de granja y capacidad para un millón de hormigas.

Instrumentos de peluquería canina. Aunque Dalia no tenía ningún perro.

Jamonero eléctrico, aunque Dalia detestaba el jamón en todas sus formas.

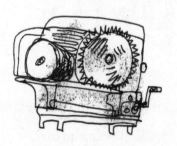

Lord Nelson. Réplica a escala real y comestible de la famosa estatua londinense, hecha íntegramente de pasas.

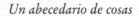

Mapa de Bélgica, país que Dalia no tenía intención alguna de visitar por considerarlo demasiado «belgicoso».

Nanopulga disecada. Era tan diminuta que no se veía.

Óleo enmarcado. Representa el aire, por lo que no hay mucho que ver.

Patines para elefantes.
Lote de cuatro.

Queso de lechuza. Hecho
a partir de lechuzas deshechas.
Es incluso más asqueroso de
lo que uno puede imaginar.

Rodilleras tejidas. De
paso, sirven también como
calentadores.

Seto a control re-
moto (alcanza la ver-
tiginosa velocidad de
1 km por hora).

Tarro con varios eructos de **Albert Einstein** envasados al vacío.*

Ungüento a base de nabo. Te deja el pelo «fresco como un nabo».

Veneno de berenjena mutante. Un vegetal letal.

Wolframio. Elemento metálico muy codiciado por todos los países del mundo, aunque ninguno tenía tanto wolframio almacenado como Dalia.

---

* Comprado en una subasta por miles de libras esterlinas.

Xilófono. Bueno, lo que quedó del xilófono después de que Dalia lo tocara. Es decir, la funda.

Yeti. Nadie lo veía en la cordillera del Himalaya desde hacía mucho porque Dalia lo tenía secuestrado en su armario.

Zarigüeya en jugo. No apto para vegetarianos.

Una de las pocas cosas que Dalia no tenía eran libros. Pese a que sus padres eran bibliotecarios, la niña DETESTABA los libros y le parecían de lo más ¡A-B-U-U-U-R-R-R-I-I-I-D-O-O-O-S!*

Aunque tenía todas estas cosas, más juguetes y cachivaches de los que podía contar, Dalia siempre quería algo más. Pero llegó un momento en que sencillamente no sabía qué pedir.

---

* Ni siquiera este le habría gustado, y eso que ella es la gran protagonista.

Capítulo 3
ROJA COMO UN TOMATE

¿A que no adivinan qué pidió Dalia cuando cumplió diez años? No acertarían ni en sueños, así que ahí va:

Un par de calcetines explosivos.

Una ballena de hule azul a escala real para jugar en el baño. Como era de esperar, en cuanto entró la ballena no quedó ni gota de agua en la tina.

Una maqueta del Taj Mahal hecha con globos.

Una goma de desborrar.

Y un chícharo robótico.

¿Que sí lo habían adivinado? Pues enhorabuena. Han ganado una libra esterlina.*

El señor y la señora Dócil no tenían más remedio que darle a su hija todo aquello que había pedido para su cumpleaños. De lo contrario, la niña echaría la casa abajo con sus berridos.

* Para recibir su premio de una libra esterlina sólo tienen
  que escribirme. No olviden incluir
  en el sobre los gastos de envío.

MIL MILLONES DE LIBRAS

—¡Feliz cumpleaños, angelito del cielo! —la felicitaron mientras Dalia, todavía en la cama, rasgaba de cualquier manera el envoltorio de los regalos y les tiraba a la cara los pedazos de papel.

¡Z A S!

¡PLAF!

Pero al cabo de unos instantes ya quería otra cosa. La diferencia era que esta vez la niña no sabía qué pedir. Tenía tantísimas cosas que no se le ocurría nada.

—¡Quiero un... DESTO!

—anunció durante el desayuno, mientras engullía un gigantesco tazón de helado de chocolate con diecisiete palitos de chocolate clavados y un mar de chocolate fundido por encima. Sí, Dalia comía chocolate para desayunar. Y para almorzar. Y para cenar. A ver, ¿ustedes le dirían que no a algo?

El señor y la señora Dócil, que estaban mojando pan tostado en la yema de unos huevos pasados por agua, se miraron con inquietud. ¿Un «**DESTO**»?

¿De qué estaría hablando la niña?

—¿Un «**DESTO**», tesoro mío? —preguntó la madre, dejando a un lado el libro que estaba leyendo, *Cien poemas para damas*.

—¿Qué pasa, te volviste sorda? ¡Dije un **DESTO**!

—¿Qué es un «**DESTO**», princesita? —preguntó el padre, apartando también su libro, *Cien poemas para caballeros*.

—¡No tengo idea, pero quiero uno!

—¿Cómo se escribe? —preguntó su madre.

Dalia se enojó tanto que se puso roja como un tomate.

—¡Y yo qué sé! Se escribe normal: **¡DE, E, ESE, TE, O! ¡DESTO!**

Por si no había quedado claro, la niña golpeó la mesa con los puños.

¡PAM!

La vajilla salió volando y acabó en el suelo, hecha añicos.

¡ZAS!

—¡Recójanlo AHORA MISMO! —ordenó Dalia.

Estando los dos a gatas debajo de la mesa de la cocina, el señor Dócil le susurró a su mujer:

—¿Qué vamos a hacer? Nuestra querida hijita quiere un **DESTO**. Pero no creo que exista semejante cosa. Para mí que se lo inventó.

—Pero, si no se lo damos, se nos va a caer el **DESTO**, quiero decir, el pelo —dijo la señora Dócil, y al instante notó una fuerte patada en el trasero.

¡CATAPLÁN!

—¡AAAY! —chilló.

—¡CÁLLENSE AHÍ ABAJO! —ordenó la niña desde arriba—. ¡Casi no oigo mis propios pedos!

¡PPPFFFFF...¡

—¡Mucho mejor!

El señor y la señora Dócil estaban aterrados. Si no encontraban un **DESTO** pronto, la cosa iría muy MAL. ¡PERO

MUY MAL!

Capítulo 4
LO MEJORCÍSIMO

Esa mañana, después de desayunar, el señor y la señora Dócil llevaron a su hija a la escuela. Más concretamente, en brazos. Todos los días se veían obligados a tomarla entre ambos y llevarla cargando. Dalia se negaba a ir caminando por más que la escuela quedara a escasos pasos de su casa.

Cargarla no era tarea fácil. Como se alimentaba a base de chocolate, pesaba como un cachalote.*

—¡BÁJENME! —ordenó cuando sus pobres padres llegaron resoplando a la puerta de la escuela.

Tras depositarla con mucha delicadeza en el suelo, su padre le dio la lonchera de tamaño industrial en la que solía llevar el almuerzo. Era tan grande que hasta tenía rueditas.

—¡Que te la pases increíble en clase, cielito lindo! —le dijo el hombre.

—QUE NO SE LES OLVIDE: CUANDO LLEGUE A CASA, ¡QUIERO UN DESTO! —berreó la niña antes de cruzar el patio, abriéndose paso a empujones y arrollando a varios niños más pequeños que ella.

¡AY! ¡UY! ¡ARGH!

---

* Para ser exactos, pesaba como un cachalote macho, adulto y ligeramente obeso. Un pedazo de cachalote, pues.

—¡Descuida, bizcochito, te prometo que haremos lo mejor que podamos. ¡Qué digo lo mejor, haremos lo mejorcísimo que podamos! —le aseguró la señora Dócil alegremente.

Al oír sus palabras la niña se detuvo en seco, se dio la vuelta despacio y hundió la mano en la lonchera sobre ruedas.

—¡LO MEJORCÍSIMO NO ES SUFICIENTE! —gritó. Luego sacó un cartón, de los de litro, de leche con chocolate y se lo tiró a su madre.

El cartón alcanzó a la pobre señora Dócil en toda la cara, bañándola de pies a cabeza en leche con cocolate.

—Muchas gracias —dijo la mujer, a falta de una respuesta mejor.

El señor Dócil le tendió el pañuelo que siempre llevaba en el bolsillo de la pechera.

—Aquí tienes, querida.

La señora Dócil intentó limpiarse con el pañuelo, pero fue en vano. Su vestido de flores rosadas se había transformado en un estropicio de color café.

—¡HAREMOS LO MÁS RECONTRAME-JORCÍSIMO QUE PODAMOS! —aventuró el señor Dócil.

Una vez más, Dalia introdujo la mano en la lonchera sobre ruedas.

—Ay, no... —farfulló el hombre cerrando los ojos, convencido de que estaba a punto de recibir el impacto de algún proyectil.

Y no estaba equivocado.

Un tarro familiar de mousse de chocolate lo golpeó —¡PAM!— en toda la coronilla.

—Muy amable —dijo, un poco como su mujer, por no saber qué otra cosa decir.

Sin pronunciar palabra, ella le devolvió el pañuelo para que intentara limpiarse.*

—¡No preocupes a esa linda cabecita! —le dijo a su hija, mintiendo como un bribón, porque Dalia no tenía una cabecita sino más bien un cabezón, y era de todo menos linda—. En cuanto llegues a casa habrá un DESTO esperándote.

—¡MÁS LES VALE! —replicó la niña—. O ya saben lo que pasará.

Ninguno de los dos sabía a qué se refería Dalia, pero sólo podía ser algo terrible.

---

* Por desgracia, los pobres señores Dócil vivían este tipo de escenas a diario. De hecho, el padre de Dalia llevaba un trozo de pastel de chocolate metido en la oreja desde la semana anterior, y lo estaba guardando para el postre.

¡Riiiiiiiing!

La campana empezó a sonar.

En cuanto Dalia les dio la espalda y echó a andar torpemente, el señor Dócil le dio la mano a su mujer.

—Vaya, qué atrevido es usted, señor Dócil... —bromeó ella.

—Sé exactamente dónde empezar a buscar un **DESTO** —dijo el hombre.

—¿Dónde?

—¡En la **BIBLIOTECA,** por supuesto!

Capítulo 5
BOLAS DE POPÓ GIGANTES

El señor y la señora Dócil se fueron corriendo calle abajo. Vaya escena hacían los dos, completamente cubiertos de suciedad café, como dos bolas de popó gigantes huyendo en busca de la libertad.

¡CHOF, CHOF, CHOF!
En cuanto alcanzaron la puerta de la **BIBLIO-TECA**, aminoraron la marcha.

CHOOOF... CHOOOF... CHOOOF...

LA BIBLIOTECA

SÓTANO DE LA BIBLIOTECA

Al fin y al cabo, la **BIBLIOTECA** es un lugar en el que siempre hay que portarse lo mejor posible. Sobre todo si eres el bibliotecario.

—¿Por dón-dón-dónde empezamos? —susurró el señor Dócil, casi sin aliento, mientras recorrían pasillos y más pasillos de estanterías repletas de libros, dejando a su paso un rastro de suciedad café. **¡CHOOOF!**

—¿Por el di-di-diccionario...? —aventuró la señora Dócil, que tampoco iba sobrada de aliento.

Sus ojos recorrieron las estanterías donde descansaban los diccionarios hasta dar con el más ancho y voluminoso de todos. Lo bajaron entre ambos, ya que pesaba casi tanto como su hija.*

La señora Dócil lo hojeó con dedos ávidos hasta llegar a una larguísima lista de palabras que empezaban con **D**. Y entonces su rostro se convirtió en el vivo retrato de una palabra que empezaba precisamente con esa letra: «decepción».

—«**DESTO**» no aparece en el diccionario —susurró.

—¡**RAYOS, NO ME DIGAS**! —exclamó el señor Dócil.

—¡**SHHH**! —murmuró la señora Dócil, señalando un cartelito que su propio marido había colgado allí y que decía «SILENCIO».

---

* Casi. Nada pesaba tanto como Dalia.

—Perdón —se disculpó el hombre, y añadió en voz baja—: Eso no significa que el **DESTO** no existe. En la **BIBLIOTECA** hay miles y miles de libros. Seguro que en alguno de ellos sale un **DESTO**.

—¿Pero ahora en qué clase de libros buscamos, querido?

—A ver, querida, pensemos. ¿Tú qué crees que puede ser un **DESTO**?

El señor y la señora Dócil se estrujaron la cabeza.

—¿Una verdura con forma picarona? —aventuró Dorotea, señalando

EL **GRAN LIBRO** DE LAS VERDURAS QUE SE PARECEN A OTRAS COSAS

—¿Un juego de mesa de esos que te sacan de quicio? —sugirió Diego mientras tomaba el volumen.

LOS JUEGOS DE MESA MÁS MOLESTOS DE LA HISTORIA

—¿Un planeta muy lejano? —repuso ella, al ver el título

EL UNIVERSO Y MÁS ALLÁ DEL MÁS ALLÁ

Uno tras otro, fueron sacando **libros**, **libros** y más **libros** de las estanterías. **Libros** sobre el cuerpo humano. **Libros** sobre vehículos motorizados. **Libros** sobre flores. **Libros** sobre antigüedades. **Libros** sobre **libros**.

—¿Crees que el **DESTO** podría ser eso que queda en el desagüe cuando vacías la tina? —aventuró el señor Dócil.

—¿Una prenda de ropa irreconocible que aparece en la secadora? —replicó su mujer.

—¿Algo pegajoso que te sacas de la nariz y que no es un moco?

—¿Una mancha misteriosa?

—¿Esa especie de cola gelatinosa que tienen las medusas?

—¿Esos regalos del amigo invisible que nunca acabas de entender para qué sirven?

—¿Algo que tendría un perro enmarañado en el pelo?

—¿Ese repliegue del ombligo que parece la boca de un globo?

—¿La pelusilla que se te mete entre los dedos de los pies?

—¿Lo contrario de un **DESO**? —aventuró la señora Dócil.

—¿Y qué es un **DESO**? —preguntó el señor Dócil.

—Ni idea —replicó la mujer, cabizbaja.

Pasaron horas hasta que la exhausta pareja repasó todos y cada uno de los libros que había en la **BIBLIOTECA** en busca de la dichosa palabra.*

---

* Hasta en los míos buscaron. En realidad deberían haber buscado en este libro, pero el problema, claro está, es que aún no se había escrito.

Justo cuando estaban a punto de tirar la toalla y enfrentarse a la ira de su hija, la señora Dócil tuvo una idea.

—Sólo queda un lugar en el que no hemos buscado —señaló.

—¿Dónde, dónde, dónde? —preguntó el hombre con impaciencia.

—En el sótano de la **BIBLIOTECA**, donde se conservan todos los libros antiguos. Puede que allí encontremos alguna pista.

El señor Dócil tragó saliva.

—Pero, querida, los bibliotecarios no podemos bajar al sótano, lo tenemos estrictamente prohibido.

—Todo el mundo lo tiene estrictamente prohibido. En realidad, hace cien años que nadie baja allí...

Capítulo 6
DOS MALES

—Está claro que no podemos bajar al sótano —concluyó el señor Dócil—, así que no se hable más.

Pero la señora Dócil no se daba por vencida.

—¿Y qué pasa con nuestra querida hija? Si no le conseguimos un **DESTO**, se nos va a caer el pelo.

—En eso tienes razón.

El hombre se había puesto pálido como la cera sólo de pensarlo. Entornó los ojos y se tambaleó.

—¿Te encuentras bien, querido?

Pero el señor Dócil se desmayó antes de poder contestar. Su mujer intentó atraparlo, pero se desequilibraron los dos y cayeron hacia atrás.

¡CATAPUMBA!

—¡AAAY! —exclamó la señora Dócil cuando su marido aterrizó encima de ella.

Entonces se les acercó un anciano y, alargando el brazo por encima de ambos, tomó un libro de jardinería. La pareja le dedicó una sonrisa cordial.

—Buenos días —dijeron al unísono.

—¿Todo bien ahí abajo, querida? —preguntó el señor Dócil.

—Sí, ¿y tú?

—¿Yo?

—Sí. Te desmayaste.

—¿En serio?

—En serio.

—Quién lo iba a decir.

—Desde luego.

—Ven, deja que te ayude a levantarte.

—¡No, deja que te ayude yo!

Siguieron así durante un buen rato, hasta que por fin lograron levantarse los dos. Ahora se veían ante el dilema de tener que escoger entre dos males. O bajaban al tenebroso sótano de la **BIBLIOTECA** o se enfrentaban a la ira de su hija.

El sótano parecía el menor de ambos males.

—Creo que no nos queda de otra —apuntó el señor Dócil.

—En ese caso, sígueme —repuso su mujer.

La señora Dócil guio a su marido hasta los confines de la **BIBLIOTECA**, donde había una vieja y

destartalada puerta de madera cubierta de telarañas y la inscripción «**NO PASAR**» sobre el dintel.

—¿Crees que estará oscuro ahí abajo? —preguntó el hombre con voz temblorosa.

—Oh, sí. Oscuro como boca de lobo, para proteger los libros antiguos de la luz —contestó la mujer.

—En tal caso, las damas primero...

—¿Yo? —protestó la señora Dócil.

Ambos tenían miedo de la oscuridad.

—Debo insistir —dijo el hombre.

—No hay necesidad.

—Soy un caballero, así que debo dejar pasar primero a las damas.

—Vamos, querido, no seas anticuado. Mejor ve tú delante.

—No, mejor ve tú.

—Tú.

—¡TÚ!

La pareja había llegado a una especie de callejón sin salida.

—¡Ya sé! Bajemos los dos a la vez —sugirió la señora Dócil.

—Buena idea —repuso su marido. Tomó la vieja llave oxidada que había sobre el marco de la puerta y, asegurándose de que nadie los miraba, la giró en la cerradura.

CLIC.

¡ÑEEECI

El hombre buscó a tientas la mano de su esposa y bajaron los escalones despacio.

—No es para tanto, ¿verdad que no? —aventuró la señora Dócil.

—Pa -pa -pa -para -nada...

—farfulló el señor Dócil.

Capítulo 7

ANTIGUOS, EXTRAÑOS Y MISTERIOSOS

A media escalera, para su alivio, el señor Dócil encontró una vela y una caja de cerillos. Como las manos le temblaban mucho, se las pasó a su mujer, que se encargó de encender la vela.

¡FLAS!

La luz vacilante iluminó estanterías y más estanterías de viejos tomos encuadernados en piel. El sótano de la **BIBLIOTECA** era como una cueva del tesoro repleta de libros antiguos, extraños y misteriosos. Los había por miles allá abajo, libros que habían salido de circulación mucho, muchísimo tiempo atrás.

QUESOS VENENOSOS
DE LAS ISLAS BRITÁNICAS

Cuentos infantiles aterradores

EL GRAN LIBRO DE LAS TÉCNICAS
DE TORTURA MEDIEVAL

CANCIONES PARA LLORAR
(DE LO MALAS QUE SON)

**EL CHARCO EN LA EVOLUCIÓN
DE LA PINTURA**

ODAS A LA ORTIGA

FLEMAS: UNA GUÍA VISUAL

GATITOS NADA ADORABLES

CÓMO AHOGAR A UNA BRUJA EN CINCO
SENCILLOS PASOS

Diccionario de palabras inexistentes

ANTOLOGÍA DE CHISTES DE
«SE ABRE EL TELÓN»

RECETAS CON HUEVOS DE AVES
EXÓTICAS

LOS PEORES OLORES DEL LONDRES
VICTORIANO: UN LIBRO PARA RASCAR Y OLER

ENFERMEDADES CANINAS ASQUEROSAS

RECETAS DE POSTRES DE LOS MÁRTIRES
CRISTIANOS (ED. EN LATÍN)

DIEZ MIL SONETOS SOPORÍFEROS

EL GRAN LIBRO DE LA MUGRE

BREVE HISTORIA DEL CALCETÍN

LARGA HISTORIA DEL CALCETÍN

BARBAS BÍBLICAS: GUÍA DE CAMPO

Orinales de los ricos y famosos

Uno tras otro, el señor y la señora Dócil fueron sacando los libros de las estanterías. Sin más luz que la débil llama de la vela, buscaron entre sus millones de palabras cualquier referencia a un **DESTO**. Cuando estaban a punto de darse por vencidos, el señor Dócil creyó ver con el rabillo del ojo algo que se movía entre las sombras.

—¿Qué fue eso? —susurró.

—¿Qué fue qué? —preguntó su mujer.

—Algo se movió.

—¿Un ratón, quizás? Odio los ratones.

Tomando la vela, la señora Dócil alumbró un rincón especialmente oscuro de la estancia. En efecto, algo se movía bajo una pila de viejos periódicos.

¡CHACARRACHACA, CHACARRACHACA!

La señora Dócil dio un empujoncito a su marido para que fuera a investigar.

—Vamos, ¿qué esperas?

—¡Ya voy, ya voy!

—¡Levanta los periódicos para ver qué hay debajo! —sugirió la mujer.

—Las damas primero.

—¡No empecemos con eso otra vez!

A regañadientes, el señor Dócil apartó las viejas y húmedas hojas de periódico. Cuál sería su sorpresa al ver que debajo sólo había un libro.

—¡Es un libro!

—Los libros no se mueven —replicó su esposa.

—Pues éste lo hizo.

—¿Cómo se llama?

El señor Dócil se acercó para inspeccionar el lomo del volumen.

Lo que entonces leyó le hizo sentir un terrible escalofrío.

—Se llama
LA
MONSTRUOPEDIA.

SEGUNDA PARTE

LA
MONSTRUOPEDIA

Capítulo 8

UNA ENCICLOPEDIA
DE MONSTRUOS

El señor y la señora Dócil depositaron el libro sobre una vieja mesa destartalada.

PLAF.

LA MONSTRUOPEDIA era un enorme mamotreto encuadernado en piel que debía de tener por lo menos cien años. Era, como el título indicaba, una enciclopedia de monstruos. El señor Dócil sopló sobre la polvorienta cubierta y lo abrió.

¿Les daría alguna pista sobre la posible existencia de un **DESTO**?

Era la última esperanza de los Dócil.

LA MONSTRUOPEDIA era, al parecer, el único libro de sus características que había existido jamás. En su interior había un listado alfabético de criaturas terroríficas que, o bien se habían extinguido mucho tiempo atrás, o bien se consideraban mitológicas, todas ellas acompañadas de magníficas ilustraciones hechas a mano. Ni el señor ni la señora Dócil habían oído hablar de ninguno de aquellos seres.

El primer monstruo de la lista era la **ANGUÍBORA**.

Reptil gigante, mezcla de anguila y víbora, que deja un rastro de moco venenoso a su paso.

En la página siguiente había un **AVESTOPO**.

Pajarraco que vive bajo tierra y se alimenta de carne humana.

Luego venía el **BABUÍNDICO**.

Mono anfibio que habita las profundidades abisales del océano que le da nombre.

La siguiente era la **BOA BOQUITUERTA**.

Reptil tan feo que puede matarte con sólo mirarlo.

En la letra **C** aparecía el **COCHINO PATIFLOJO**. *Cruza de medusa y jabalí.*

A juzgar por la ilustración, debe de ser más temible de lo que suena.

En la página siguiente empezaba la letra **D**. El señor y la señora Dócil contuvieron la respiración, rezando para que **LA MONSTRUOPEDIA** les ofreciera la respuesta que buscaban.

—¡¡¡**DESTO**!!! —exclamó la señora Dócil.

—¡HURRA!

—¡Lo conseguimos!

—¡Estoy por besarte! —exclamó el señor Dócil.

—Ni se te ocurra. Nada de arrumacos en el trabajo. Ya sabes que la **BIBLIOTECA** tiene unas reglas muy estrictas al respecto.

—Por supuesto. Qué tonterías digo. ¿Te importaría leer lo que dice?

La señora Dócil se aclaró la garganta y empezó:

DESTO:

MAMÍFERO

He aquí la más rara de todas las criaturas que hayan pisado jamás la faz de la Tierra. Vive únicamente en la más profunda, oscura y junglosa de las junglas.

El desto se caracteriza por su insólito aspecto de esfera peluda. Su tamaño varía de un modo asombroso. Puede pasar de ser tan pequeño como una canica a alcanzar el volumen de un globo aerostático. Posee un gran ojo en el centro del cuerpo y un orificio a cada lado. Uno de dichos orificios es la boca, mientras que el otro es, y perdón por la expresión, el trasero. Pero nadie sabe a ciencia cierta cuál es cuál, ni siquiera los propios destos, pues alguna vez se les ha visto intentando comer por el orificio equivocado. Al no tener brazos ni piernas, los destos se desplazan rodando o incluso botando. Curiosamente, su alimento preferido son las galletas rellenas de crema. Pueden devorar cientos de ellas en cuestión de segundos, pero en realidad son omnívoros: comen de todo y a todas horas. Los destos dejan a su paso un rastro de popós apestosas que pueden ser tan grandes como la propia criatura o más incluso que ésta.

¡ADVERTENCIA!
NI SE LE PASE POR LA CABEZA LLEVARSE UN DESTO A CASA. SON LAS PEORES MASCOTAS DEL MUNDO.

Los destos son glotones, cascarrabias y a veces llegan a ser bastante groseros. Además, pueden alcanzar un tamaño gigantesco, por lo que no sólo se comerán todo lo que tenga en casa, sino que son muy capaces de comerse también la casa en sí. Y lo que es peor: puede incluso que de paso lo engullan a usted de un bocado.

¡ES EL FIN!

Cuando la señora Dócil acabó de leer, ambos observaron la ilustración que acompañaba el texto. El **DESTO** tenía un aspecto realmente peculiar. Tal como decía la definición, era una bola peluda de color café con un ojo situado entre dos agujeros oscuros.

—Quién nos lo iba a decir... —murmuró el señor Dócil.

—Desde luego —asintió su mujer. Dicho lo cual, cerró el libro—. Bueno, pues asunto cerrado. Ni loca le regalaría un **DESTO** a nuestra hija.

—Pobrecilla. Vaya decepción que se va a llevar —apuntó el señor Dócil.

—Ya lo sé. En fin, será mejor que se lo digas tú.

—¿Yo?

—¡Sí, querido! ¡Te toca a ti!

—Ah, no. De eso nada —protestó el señor Dócil—. Te toca a ti, estoy seguro.

—Hagámoslo juntos —sugirió la señora Dócil.

—¡Me parece una idea fantástica!

—Gracias.

—Las damas primero.

Capítulo 9
REBOZADOS EN POPÓS DE CONEJO

Y así, con el corazón en un puño, el señor y la señora Dócil fueron a recoger a su hija a la escuela. De nuevo, la recogieron en el sentido literal de la palabra y la llevaron en brazos hasta la casa. Una vez allí, la depositaron en el sofá con toda la delicadeza posible.

¡PATAPLOF!

El señor y la señora Dócil trataban de disimular el miedo que les producía dar la mala noticia a su hija, pero era como si lo llevaran escrito en la frente.

—¿Quieres que juguemos a algo, cariñito mío? —sugirió el señor Dócil—. ¿O prefieres hacer un rompecabezas? ¿O ver la tele?

El caso era distraerla como fuera.

—*¡CARICATURAS!* —ordenó Dalia.

—¡Aquí tienes el control! —dijo la señora Dócil, tendiendo a su hija el artilugio negro manchado de chocolate.

Dalia la miró con cara de pocos amigos.

—¡Pícale tú al botón, que yo no puedo! ¡A ver si te despabilas, vieja!

La señora Dócil obedeció, y en la pantalla aparecieron unas *CARICATURAS*. A Dalia le gustaban las más violentas, esas en las que los animales se estampan contra las paredes, se caen desde un precipicio o saltan por los aires. Sus programas de *CARICATURAS* preferidas eran:

Mientras su hija estaba distraída viendo cómo una aplanadora arrollaba a un conejo de caricatura, el señor Dócil guiñó el ojo a su mujer. Era la señal acordada, y Dorotea se escabulló hacia la cocina. Tenían un plan secreto, que consistía en ofrecer a Dalia una porción de pastel de chocolate gigantesca con la esperanza de que así tomara mejor el disgusto por no tener un **DESTO**.

Las **CARICATURAS** se acabaron, y mientras sonaba la sintonía del programa, la niña recordó lo que hasta entonces había olvidado.

—¿Dónde está mi **DESTO**? —preguntó con malos modos.

—¡Pastel!
¡Pastel!
¡Pastel!
—gritó el señor Dócil.

—¡Ya va! —replicó la señora Dócil, que se tambaleaba bajo el peso de una colosal porción de pastel. Era del tamaño de un coche pequeño—. Aquí tienes, angelito —anunció, dejando el pastel sobre la mesa de centro.

¡PLOF!

—¿No había un trozo más **grande**? —preguntó la niña.

—No, lo siento —contestó su madre—. Éste es más grande que el pastel del que salió.

Esto no podía ser cierto, claro está, pero Dalia se lo tragó.

—Se ve delicioso, bomboncito mío —dijo el señor Dócil—. ¿Qué esperas para probarlo?

Dalia, que no era muy dada a usar cubiertos, se inclinó hacia delante y enterró la cara en el pastel, tal como haría un cerdo al ver el comedero lleno.

¡GRUNF, GRUNF, GRUNF!

El señor y la señora Dócil respiraron aliviados, pero no por mucho tiempo. En menos de lo que canta un gallo, la niña se había zampado la gigantesca porción de pastel y se volteó hacia sus padres con la cara embadurnada de betún de chocolate.

—¡Quiero mi **DESTO**! —protestó a gritos, rociando a sus padres con migajas de pastel de chocolate.

Ahora, parecía que el señor y la señora Dócil estuvieran rebozados en popós de conejo.

—Ah, sí, sí, sí, por supuesto, cariño. El famoso **DESTO**... —empezó su padre, pero no tardó en echarse para atrás—. Será mejor que te lo explique tu madre.

La señora Dócil le dedicó una mirada asesina. Su marido era todavía más dócil que ella.

—Verás, princesa... Tu padre y yo encontramos un libro en el sótano de la **BIBLIOTECA**...—empezó.

—¡ESCUCHEN! —bramó la niña—. Quiero mi **DESTO**. ¡Y lo quiero AHORA MISMO!

Aquello iba de mal en peor. El pastel de chocolate no había servido para nada. A lo mucho, para darle a Dalia un subidón de azúcar y volverla más insoportable aún que de costumbre.

—Bueno, ejem... verás... —farfulló su madre—. Querido, ¿te importaría explicárselo?

—Verás, nosotros... ejem... esteee... —empezó el hombre, que parecía aterrado.

—¡DILO DE UNA VEZ! —bramó la niña.

—Tesoro mío, buscamos y rebuscamos en todos los libros de la **BIBLIOTECA** para averiguar qué es un **DESTO**.

—¡Un **DESTO** es un **DESTO** y punto, tontos! —se burló Dalia.

—En eso tienes toda la razón. Verás, encontramos una sola referencia a dicha criatura, en un viejo libro cubierto de polvo que descubrimos en el sótano de la **BIBLIOTECA**. Te lo voy a enseñar.

El señor Dócil hizo una señal a su mujer, que se acercó cargando el antiguo y pesado libro.

—Se llama LA MONSTRUOPEDIA —dijo la señora Dócil—. ¡Échale un vistazo! Es fascinante.

La mujer intentó dárselo a la niña, pero el libro retrocedió como si tuviera vida propia.

—¡ODIO LOS LIBROS! ¡ME DAN DOLOR DE CABEZA! —exclamó Dalia, apartando LA MONSTRUOPEDIA de un manotazo.

¡PUMBA!

Pero el libro le devolvió el golpe.

—¡AAAY! —gritó la niña—. ¡Quítenme esta cosa de encima!

La señora Dócil tomó el libro.

—¡Deja que te ayude, bizcochito mío!

Entonces la mujer hojeó el viejo libro amarillento y lo abrió por la página en cuestión.

—Esto de aquí, tesoro mío, es un **DESTO**. ¿Por qué no lo lees?

—¡Sí, claro! ¡Léelo tú! —ordenó Dalia.

La señora Dócil empezó a leer la definición en voz alta, poniendo especial énfasis en esta parte:

¡ADVERTENCIA!
NI SE LE PASE POR LA CABEZA LLEVARSE UN DESTO A CASA. SON LAS PEORES MASCOTAS DEL MUNDO.

—¿Y bien, pichoncito? —preguntó la señora Dócil—. ¿Qué opinas? Seguro que ya lo pensaste mejor y ya no quieres un **DESTO**... ¿Verdad que no?

La pareja miró a la niña con aire expectante y las palmas de las manos juntas, como si rezara.

Capítulo 10
ESPANTELADOS

—C reo... —empezó Dalia, rebañando el plato a lengüetazos por si quedaba alguna migaja— que tener un **DESTO** como mascota sería una catástrofe.

El señor y la señora Dócil soltaron un enorme suspiro de alivio.

¡UFFF!

De una buena se habían librado.

—¡No podríamos estar más de acuerdo contigo! —exclamó la mujer.

El señor Dócil sonreía de oreja a oreja.

—¡Nos quitaste las palabras de la boca!

—¡Ese monstruo lo destruiría todo! —continuó Dalia.

—¡Cuánta razón tienes! ¡Sabias palabras! —dijo la señora Dócil, muy cariñosa.

—¡Qué lista es mi dulce princesita! —asintió el señor Dócil.

—El coche, la casa, todo. ¡Hasta puede que nos matara a nosotros!

—¡Un argumento indiscutible!

—Desde luego. Pudiendo evitarlo, siempre es mejor no dejarse matar —apuntó su madre.

—¿Quién en su sano juicio querría un DES-TO como mascota? —se preguntó Dalia, y soltó una carcajada—: ¡Ja, ja, ja!

Sus padres se le unieron:

—¡JUA, JUA, JUA!

—¡JI, JI, JI!

Hasta LA MONSTRUOPEDIA se estremeció, como si se riera para sus adentros.

—¡YO! —replicó Dalia.

Los señores Dócil se quedaron estupefactos. No lo podían creer.

El libro se quedó inmóvil.

—Quiero un **DESTO** como mascota.

—¡Pe-pe-pero...! —empezó su madre.

—¡NADA DE PEROS! —gritó la niña. Y, por si no había quedado claro, tomó a sus padres por el cuello, uno con cada mano, y los golpeó entre sí.

¡PUMBA!

—¡AY!

—¡RECÓRCHOLIS!

—Dije que quiero un **DESTO**. ¡Y lo quiero AHORA MISMO!

El señor y la señora Dócil se miraron horrorizados. Era imposible saber cuál de los dos se había quedado más helado de espanto, o «espantelado», por seguir ampliando su vocabulario. Decidan ustedes mismos, a juzgar por estas dos imágenes espanteladoras...

¡Vamos, decídanse de una vez! Tengo una historia que contar. Creo que todos estaremos de acuerdo en que se habían quedado los dos bastante horrorizados. Como se habría quedado cualquiera ante la perspectiva de meter en su casa a un **monstruo letal**.

Ahora sólo les quedaba
encontrarlo...

Capítulo 11
CAMAS INDIVIDUALES

L a gran pregunta era: ¿quién iría a **la más profunda, oscura y junglosa de las junglas** en busca del dichoso **DESTO**?

Sentados en sus camas individuales, el señor y la señora Dócil se quedaron hablando del tema hasta altas horas de la madrugada. Ambos hubieran dado cualquier cosa por no tener que emprender semejante aventura, pero oyéndolos nadie lo diría.

—Te caerían bien unas buenas vacaciones, querido —empezó la señora Dócil con una sonrisa—. Últimamente trabajas muchísimo en la **BIBLIOTECA**. Será mejor que vayas tú.

—¡Ah, no, ni hablar! Tú siempre has dicho que querías viajar y conocer mundo, querida —replicó el hombre.

—¿Ah, sí?

—Siempre estás hablando de ir a la costa.

—¡A pasar el día!

—¡Bueno, esto será parecido!

—¿A qué te refieres? —preguntó la señora Dócil.

El hombre se quedó en blanco. Al final aventuró:

—¿Puede que haya un carrito de helados...?

—¡UN CARRITO DE HELADOS, DICE!
—exclamó la señora Dócil, sin poder creerlo—.
¡En la más profunda, oscura y junglosa de las junglas!

En ese instante, alguien golpeó la pared desde la habitación contigua.

¡PAM!

¡PAM!

¡PAM!

—¡BAJEN LA VOZ! —gritó Dalia—. ¡Casi no oigo mis propios pedos!

Y soltó una pedorreta tan sonora que toda la casa se estremeció.

El señor y la señora Dócil se quedaron mudos de espanto.

De pronto, la mujer tuvo una idea.

—Hay que tener en cuenta —le dijo a su marido en susurros— que uno de los dos tendrá que quedarse aquí para cuidar de nuestra querida hija... completamente solo.

—¡Voy yo! —contestó el hombre a la velocidad del rayo.

—¿A la más profunda, oscura y junglosa de las junglas?

—Exacto. ¡Asunto cerrado! ¡Buenas noches!

Dicho lo cual, apagó la luz.

¡CLIC!

Esa noche, el señor Dócil durmió como un bebé. Es decir, se despertó cada dos horas llorando y gritando.

Capítulo 12
ALGUNA COSILLA PARA LEER

Al alba del día siguiente, el señor Dócil emprendió su viaje en busca de un **DESTO**. Había dejado atrás al intelectual que llevaba dentro para convertirse en todo un aventurero. Bueno, es un decir. El hombre se había asegurado la parte baja del pantalón con unas ligas para que no se le enredara en la maleza. La pobre señora Dócil salió a despedirlo con los ojos llenos de lágrimas. Desde el día que se habían casado, los dos *tortolitos* no habían pasado una sola noche separados.

—Por favor, querido, ten mucho cuidado —suplicó la mujer.

El señor Dócil intentaba hacerse el valiente, pero no le salía muy bien.

DESCUBRE LAS DIFERENCIAS

SEÑOR DÓCIL
NORMAL

SEÑOR DÓCIL
AVENTURERO

—No te preocupes, querida. Antes de que te des cuenta, estaré de vuelta con un **DESTO**. ¿Qué es lo peor que podría pasarme?

—¡Podrías acabar devorado por alguna fiera! —señaló Dalia desde la ventana del piso de arriba.

—Gracias por esa aportación, angelito mío —dijo el hombre. Volteándose hacia su mujer, añadió con una débil sonrisa—: Haré cuanto esté en mis manos para evitarlo.

—¡PROMÉTEMELO! —imploró la señora Dócil.

—Te lo prometo.

Se besaron torpemente. Sus besos siempre eran torpes: o bien se daban de narices, o se golpeaban con el mentón, o chocaban con los lentes. Ese día, se toparon con la frente.

¡ P U M B A !

—¡Ay!

—¡Auch!

—Perdona.

—Perdona.

El señor Dócil tomó la maleta, respiró hondo y se fue.

—¡Ya te extraño! —exclamó la señora Dócil.

—¡Puaj, puaj y requetepuaj!

—se oyó desde el piso de arriba.

El señor Dócil lanzó un beso a su mujer, que lo tomó en el aire, aunque apenitas.

—¡MUEVE EL TRASERO!

—vociferó Dalia.

Apresurando el paso, el señor Dócil se fue hacia la parada del autobús con la maleta en la mano. A juzgar por su atuendo —sandalias con calcetines, camisa, corbata, pantalón de pinzas y saco de *tweed*—, parecía cualquier cosa menos un intrépido explorador. Nunca había salido de su ciudad natal, así que no es de extrañar que no supiera equiparse como es debido.

La única comida que llevaba consigo era el bocadillo que su mujer le había preparado:

1. Un sándwich de pan con pan *(al señor Dócil no le gustaban los rellenos, que consideraba una distracción)*.

2. Una bolsa de papas fritas sin sabores añadidos *(nada de sabores, por favor, muchas gracias)*.

3. Un yogur natural *(su preferido)*.

Como suele ocurrir con la comida que uno lleva consigo cuando se va de viaje, a los cinco minutos de haber salido de casa ya se la había zampado toda, yendo en el autobús de camino al aeropuerto. Al poco tiempo se moría de hambre otra vez, por lo que decidió comerse la bandeja de plástico en la que venía la comida. Como no sabía a nada, acabó agarrándole el gusto.

En su maleta, el señor Dócil había metido un impermeable por si llovía y varios pares de calzoncillos y calcetines.

También se había llevado alguna cosilla para leer, una pequeña selección de sus obras preferidas:

Historia de la coliflor

Los edificios más aburridos de Gran Bretaña

Lagos y estanques, una guía visual

La grava vista de cerca

Pañuelos de todo el mundo

Ciento y un poemas sobre hojas

Guía de campo de las sandalias

El banco de iglesia a lo largo de los siglos

Un millón de tablas de multiplicar

El fascinante universo de las bombillas

Además, había sacado de la **BIBLIOTECA** el libro que lo había llevado a emprender ese viaje, **LA MONSTRUOPEDIA**, que se removía con impaciencia dentro de la maleta. Eso sí, tendría que acordarse de devolverlo antes de que pasaran dos semanas o le pondrían una multa.

Por supuesto, el señor Dócil había hecho hueco en la maleta para la parte más importante de su equipo: los utensilios para atrapar **DESTOS**.

En primer lugar, una vieja jaula para hámsters toda oxidada que había encontrado en el desván y que pensaba usar para transportar al **DESTO**.

En segundo lugar, una lata tamaño familiar del alimento preferido de los **DESTOS**: *galletas rellenas de crema*. Pensaba usarlas como cebo para atrapar a un **DESTO**, dejando un rastro de galletas que llevara directamente hasta la jaula.

Sí, el plan del señor Dócil era realmente

así de simple.

¿Qué podía salir mal?

Galletas de Crema

TERCERA PARTE

LA MÁS PROFUNDA, OSCURA Y JUNGLOSA DE LAS JUNGLAS

Capítulo 13

CALZONCILLOS Y CALCETINES

El viaje del señor Dócil a **la más profunda, oscura y junglosa de las junglas** fue largo. Y cuando digo largo, quiero decir laaaa-aaaaaaaaaaaaaaaargo.

El hombre viajó en avión,

tren,

barco,

patines,

trineo,

burro,

canoa,

camello,

bicicleta,

ala delta,

otro burro,

globo aerostático,

y un emú
bastante
arisco.*

* Era arisco porque a los emús no les gusta que los monten.
  De hecho, lo odian. No lo intenten, sólo puede acabar
  mal. Para ustedes, no para el emú.

Al cabo de un mes (tendría que haber metido más calzoncillos y calcetines en la maleta, porque ahora sólo se los podía cam-

biar una vez a la sema-

na), el señor Dócil estaba que daba pena verlo. Tenía los lentes **resquebrajados**, una barba larga y desaliñada, la ropa hecha un harapo y, **para colmo de males**, había perdido una de sus san-dalias.*

* Dicha sandalia había sido devorada por un emú.

Pero lo peor de todo era que no había devuelto LA MONSTRUOPEDIA a la **BIBLIOTECA** cuando tocaba, por lo que ya acumulaba la cuantiosa multa de (10) peniques. Sin embargo, sin embargo, sin embargo, en el fondo todo eso daba igual, porque el señor Dócil había llegado por fin a su destino:

La más profunda, oscura y junglosa de las junglas.

¡EL HÁBITAT NATURAL DEL DESTO!

Por si se están preguntando dónde queda la más profunda, oscura y junglosa de las junglas, y tal vez sospechan que me la saqué de la manga,* les ruego que examinen detenidamente el mapa que encontrarán en la página siguiente.

---

* ¡¿Cómo se atreven?!

Ahora que había llegado a **la más profunda, oscura y junglosa de las junglas,** el señor Dócil tenía que encontrar un **DESTO**.

El problema era

que no había

ni rastro de la criatura.

Capítulo 14

ENCARAMADO A UN ÁRBOL

Ni tardo ni perezoso, el señor Dócil trepó al árbol más alto que encontró. Sujetando con fuerza LA MONSTRUOPEDIA, que intentaba escabullirse entre sus dedos, avistó varias de las criaturas mencionadas en las páginas del libro.

Reconoció a las siguientes:

El **chorlito unialado** (es decir, con una sola ala): un ave que —como su nombre lo indica— no sabe volar, pese a lo cual se lanza confiado desde lo alto de los árboles y acaba desparramado en el suelo.

¡FLAP! ¡FLAP!

¡FLAP!

El **pedopótamo**: se trata de un primo lejano del hipopótamo que carece de extremidades. Sin embargo, la naturaleza —siempre tan sabia— las reemplazó por flatulencias. Así pues, esta criatura se desplaza impulsada por los gases que emite, como si tuviera un motor de propulsión en el tra-

sero. Pese a su tamaño y peso, el **pedopótamo** alcanza velocidades de más de cien kilómetros por hora. ¡Fiuuu!

El mingo: es un mungo en miniatura.

El mungo: es un mingo gigante.

La **mamba bicolor**: un gigantesco gusano venenoso, mitad rojo, mitad blanco. La **mamba bicolor** es demasiado grande para los agujeros en los que anida, por lo que siempre se queda atascada. Así, una mitad de su cuerpo se pone roja de tanto tomar el sol mientras la otra se queda bajo tierra y, por tanto, paliducha.

¡ARGH!

El **bunbún tarareador achatado**: este roedor no tiene pelo y se pasa la vida tarareando desafinadamente.

—¡Tararí, tarará!

Lo hace tan mal que cualquiera que lo escuche acaba perdiendo la paciencia. Por consiguiente, el **bunbún** se ve a menudo aplastado bajo el peso de criaturas más voluminosas que él, desesperadas por callarlo.

¡ C H O F !

El **paquidermorado**: se trata de una especie de elefante que usa la trompa para colgarse boca abajo de las ramas de los árboles. Pasa tanto tiempo en esa postura que acaba poniéndose morado. Si pasan por debajo de una de estas criaturas y le ven mal color, ándense con mucho cuidado: eso quiere decir que está a punto de descolgarse del árbol y convertirlos en papilla.

¡CATAPUMBA!

El **lolo** (no confundir con el lololo): un **lolo** es un lagarto verde limón de aspecto tan aterrador que cuando se ve reflejado en el agua huye despavorido y llega a recorrer cientos de kilómetros a nado.

—¡ARGH!

El lololo (no confundir con el **lolo**): se trata de un mono de piel blanca y sin pelo al que le da tanta pena andar con las vergüenzas al aire que va saltando de aquí para allá con las piernas cruzadas.

¡ A L E H O P !

También se le conoce como «el lololo desnudo», «el lololo saltarín» o «el lololo desnudo saltarín». En cierta ocasión fue avistado robando vestidos en una boutique, lo que hizo que la vendedora se desmayara del susto.

¡Z A S !

Sin embargo, a pesar de que lo veía todo en varios kilómetros a la redonda desde lo alto del árbol, el señor Dócil no encontró ni rastro del **DESTO**. El viento soplaba con fuerza en **la más profunda, oscura y junglosa de las junglas** mientras el hombre pensaba en su adorada hija. Como padre, no podía defraudar a Dalia. Tenía que encontrar un **DESTO**, costara lo que costara. De lo contrario, las lágrimas estaban aseguradas (las suyas, no las de la niña). Pensó en su casa. Mientras el sol se ponía sobre la jungla, el señor Dócil imaginó a su mujer acostando a Dalia. A esa hora, le estaría leyendo un cuento hasta que la niña se hartara y la golpeara en la cabeza con el libro, momento en que la señora Dócil saldría de la habitación aullando de dolor.

—¡AAAY!

Una lágrima rodó por la mejilla del señor Dócil al evocar aquella escena tan conmovedora.

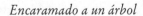

—Dalia —se dijo—, no te fallaré.

Tan absorto estaba el hombre en
sus pensamientos que perdió el
equilibrio. No era fácil trepar a
un árbol con una sola sandalia.
Se precipitó a toda velocidad
desde las alturas, golpeándo-
se de paso con todas y cada
una de las ramas que sobresa-
lían del tronco... ¡PUMBA!

¡PUMBA!   —¡AY!

¡PUMBA!   —¡AY!

¡PUMBA!   —¡AY!

—¡AY!

... y finalmente cayó al suelo
con un sonoro ¡CATAPLÁN!

—¡¡¡RECÓRCHOLIS!!!

Y entonces recordó que, al caer, había soltado el libro.

—¡LA MONSTRUOPEDIA! —exclamó.

Justo entonces, el pesado mamotreto aterrizó sobre su cabeza...

¡CLONC!

... y lo dejó fuera de combate.

Capítulo 15

LA TRAMPA

El señor Dócil se despertó con los golpes de
LA MONSTRUOPEDIA, que le daba una y otra
vez en la cabeza.

El hombre tomó el libro. Como no sabía dónde
dejarlo, lo metió en los bolsillos traseros del pantalón.

Ni qué decir tiene que el libro se lo tomó muy mal y trató de escabullirse.

—¡ESTATE QUIETO! —ordenó el señor Dócil, dándole un leve manotazo. Cualquiera que lo viera pensaría que estaba azotando su propio trasero. Por suerte para él, no había ni un alma en **la más profunda, oscura y junglosa de las junglas.**

El hombre se puso a pensar en un plan. Si quería cazar un **DESTO**, tendría que tenderle una trampa. Lo primero que hizo fue buscar un claro en **la más profunda, oscura y junglosa de las junglas.** El único que encontró no era mucho más grande que una alberca infantil.

Entonces abrió la maleta, que con tanto ajetreo estaba bastante destartalada, sacó de su interior la lata de **galletas rellenas de crema** —que pesaba bastante, porque contenía nada menos que cien galletas— y la dejó a sus pies. Luego sacó la jaula de hámster, la dejó en el suelo y abrió la portezuela de la jaula lo más sigilosamente posible.

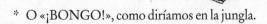

¡¡¡EEEC!!!

El plan era dejar un largo rastro de **galletas rellenas de crema** que llevara al interior de la jaula. Entonces, sólo tendría que sentarse a esperar que un **DESTO** cayera en la trampa. En cuanto la criatura empezara a mordisquear la última galleta, la que él habría colocado dentro de la jaula, cerraría la portezuela de golpe y ¡BINGO!,* el **DESTO** quedaría atrapado.

* O «¡BONGO!», como diríamos en la jungla.

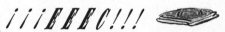
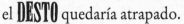

CHIQUICHAQUE, CHIQUICHAQUE, CHIQUICHAQUE...

Se oía un ruidito entre la maleza.

—¿Hay alguien ahí? —preguntó el señor Dócil.

No hubo respuesta. Tampoco era muy probable que un animal salvaje —o cualquier animal, de hecho— fuera a contestar:

¡Ey, aquí estoy! u ¡Hola, cara de bola!

Aquel silencio lo tranquilizó.

—Seguramente no ha sido más que una ráfaga de viento —dijo para sus adentros.

Como pueden imaginar, el señor Dócil tuvo que recurrir a toda su fuerza de voluntad para no engullir todas las **galletas rellenas de crema** de una sentada. Había pasado un mes desde que había salido de casa sin más comida que un sándwich. Llegó un momento en que tenía tanta hambre que se comió incluso un par de CALZONCILLOS. Su-
cios, por si fuera poco. Sobra decir

126

que no estaban demasiado buenos. Más SALA-DOS que DULCES.*

El señor Dócil sabía que no podía fallarle a su hija. Si no volvía a casa con un DESTO, se le caería el pelo. Quién sabe qué clase de espantosa humillación le tendría reservada la niña. En otras ocasiones, cuando la había disgustado, Dalia había...

... castigado a su padre con sentarse en el escalón de pensar, bajo la nieve, hasta que se le quedó el trasero dormido de tanto frío que pasó...

... enviado al hombre a la cama antes incluso de que se levantara...

* Pase lo que pase, nunca intenten comer su propia ropa interior. Aunque la bañen en cátsup, seguirá sabiendo a rayos.

... enterrado toda su ropa en el jardín, de modo que ese día había trabajado sólo con el chaleco de la **BIBLIOTECA** y unos calzoncillos...

... enterrado a su madre en un lecho de flores...

... obligado a su padre a comer col fría para desayunar, almorzar y cenar...

... castigado al señor Dócil a ponerse de cara a la pared. En un solo pie. Sosteniendo una maceta sobre la cabeza. Durante un año...

... ordenado a su padre que limpiara la casa de arriba abajo, armado tan sólo con su propio cepillo de dientes...

... y luego lo había obligado a lavarse los dientes con ese cepillo...

... lo había mandado a dormir al cobertizo del jardín...

... y le había hecho beber el agua de un charco sucio.

Cuando el señor Dócil se volteó para abrir la lata de las galletas, descubrió que alguien la había destapado y que estaba completamente vacía.

—¡NOOO!

—gritó, horrorizado.

¡Aquello era un DESASTRE!

¡Alguien o algo se había comido todas las **galletas rellenas de crema**!*

---

* Sé lo que están pensando, pero no, no fui yo.

Capítulo 16
POPÓS SOSPECHOSAS

¿Quién sería el ladrón de *galletas rellenas de crema*? Puede que no quedara ninguna, pero junto a la lata había un sospechoso rastro de popós humeantes (de aspecto galletoso y cremoso.)*

El rastro se alejaba del claro, se adentraba en una parte muy junglosa de la más profunda, oscura y junglosa de las junglas y llevaba directamente a la boca de una cueva.

—Ay, no... —gimió el señor Dócil, que temía a la oscuridad. Bajar al sótano de la **BIBLIOTECA** ya había sido una dura prueba, pero esto era peor. Eran muchas las cosas que le daban MIEDO.

* Pero nada sabroso.

COSAS QUE LE DABAN MIEDO AL SEÑOR DÓCIL:

Los guantes de lavar

Las coles de Bruselas

Las máquinas expendedoras

Las batidoras de mano

Los paraguas

Los payasos

Los plátanos muy maduros

Los elevadores de escalera

Las semillas de la fruta

Los bombones con sabor a café

Los jugadores de dardos

Los globos con forma de animal

El plástico de burbujas

Las pantallas de las lámparas

Las tinas con patas

El regaliz

Los hombres con los dedos de los pies peludos

Las mujeres con los dedos de los pies peludos

Cualquier persona llamada Colin

Las listas

Pensando en lo furiosa que se pondría su hija si volvía a casa con las manos vacías, el señor Dócil respiró hondo y entró en la tenebrosa y húmeda cueva.

Sus pasos resonaron en la negra oscuridad:

P L A F ,   P L A F ,   P L A F . . .

—¡HOLA! —exclamó.

—**¡HOLA!** —contestó una voz.

El hombre se llevó un susto de muerte. Para disimular su miedo, habló con voz grave, haciéndose el valiente:

—¿Quién anda ahí? —preguntó.

—**¿QUIÉN ANDA AHÍ?** —lo desafió la voz.

—Yo pregunté primero.

—YO PREGUNTÉ PRIMERO.

—No es cierto. Fui yo.

—NO ES CIERTO. FUI YO.

—¿Quieres parar? —gritó a la oscuridad.

—¿QUIERES PARAR? —fue la respuesta.

—Yo no estoy haciendo nada.

—YO NO ESTOY HACIENDO NADA.

—¡Me estás poniendo nervioso!

—¡ME ESTÁS PONIENDO NERVIOSO!

—¡Sal, donde te pueda ver!

—¡SAL, DONDE TE PUEDA VER!

—¡Tú primero!

— ¡TÚ PRIMERO!

—Deja de repetir todo lo que digo.

—DEJA DE REPETIR TODO LO QUE DIGO.

—Un momento...

—UN MOMENTO...

—¿Estoy hablando con mi propio eco?

Hubo un silencio, y entonces la voz del señor Dócil resonó en la cueva:

—SÍ.

Ahora sí que estaba asustado.

Hurgó a tientas en los bolsillos, buscando una caja de cerillos. Temblando, encendió uno.

¡RIS, RAS!

¡ C H A S !

A la débil luz del cerillo, el señor Dócil rebuscó en los rincones más oscuros de la cueva.

Algo se movía.

Algo pequeño.

Algo peludo.

Algo muy... DESTO.

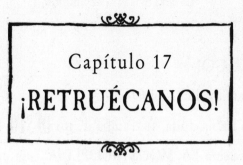

Capítulo 17
¡RETRUÉCANOS!

Cuando la llama del cerillo alumbró a la criatura, fuera lo que fuera, que se movía entre las sombras, ésta soltó un gruñido.

—¡GRRR!

Como la mayoría de las personas, el señor Dócil creía tener buena mano con los animales, pese a que en cierta ocasión un caballo le había mordido el trasero. Un caballo de mentira, para ser exacto. Convencido de que podría domesticar a la criatura, el hombre se le acercó de puntitas y se agachó. Entonces encendió otro cerillo...

¡RIS, RAS!

¡CHAS!

... y la vio claramente por primera vez.

¡BINGO!

O mejor dicho, ¡BONGO!

No había duda, se trataba de un **DESTO**. Era tal como decía LA MONSTRUOPEDIA: una criatura del tamaño aproximado de una pelota de tenis, redonda y peluda, que se desplazaba rodando.

Tenía dos pequeños orificios en el cuerpo, uno a cada lado del gran ojo central, que giró en la cuenca para observar al señor Dócil. Uno de los orificios debía de ser la boca, y el otro, el trasero. Sin embargo, pese a que ambos cumplían funciones diametralmente opuestas, no había manera de distinguirlos.

Quién sabe por qué, el señor Dócil empezó a hablarle con ternura, como si creyera que la criatura lo entendería mejor si la trataba como a un bebé.

—Hola, lindura... o mejor dicho, ¡**DESTO**...! ¿Quieres venir a casa conmigo...? —preguntó el hombre con aquella vocecilla cursi.

—**¡GRRR!** —fue la respuesta.

Aunque no sonaba afirmativa, ni mucho menos, el señor Dócil alargó la mano para acariciar al animal. No tardó en comprobar que había cometido un error.

Un gran error.

Un error gigantesco.

Un error garrafal.

Dejémoslo en un gran error.

—¡GRRR!

¡ÑACA!

—¡AAAY! —chilló el señor Dócil.

El **DESTO** había cerrado los dientes en torno a su dedo índice.

Y no parecía dispuesto a soltarlo. El hombre aulló de dolor.

—¡RETRUÉCANOS!

El señor Dócil se puso rojo como un tomate, y tenía todos los pelos de punta.

—¡ZARANGOLLOS Y CARÁMBANOS!* —el hombre sacudía el dedo con todas sus fuerzas—. ¡¡¡QUITA, BICHO!!!

Pero la criatura se limitó a clavar más los dientes y entornó el ojo como si fuera a arrancarle el dedo de un bocado.

—¡¡¡QUITAQUITAQUITAQUITAQUITAQUITA QUITAQUITAQUITAQUITAQUITA QUITAQUITAQUITAQUITAQUITA!!!**

Entonces, el señor Dócil cruzó la cueva a grandes zancadas e intentó zafarse de la criatura golpeándola contra la pared de roca de la entrada. Pero lo único que consiguió fue que el **DESTO** le hincara los dientes con más fuerza en torno al dedo.

* Sin burlarse, que ustedes también hablarían raro si algo les doliera tanto.
** Otro alarido de dolor, por si no quedó claro.

—¡SUELTASUELTASUELTAₐₐₐₐₐₐₐₐₐₐₐₐₐₐAAAAAAAAAAAAAAAAAAA!*

¡AGUA! —exclamó de pronto—. ¡Apuesto a que no soporta el agua!

El señor Dócil salió de la cueva y corrió tropezándose hasta el lago más cercano, donde se zambulló sin detenerse a pensar qué clase de criaturas podía haber allí (no olvidemos que estaba en la más profunda, oscura y junglosa de las junglas).

* Otro alarido, por supuesto. A ver si ponemos atención.

¡PATACHOF!

Para su sorpresa, el lago era tan poco profundo que no llegaba a cubrirlo. Con el agua por las axilas, lanzó un ultimátum al **DESTO**.

—¡Ya basta! ¡Hasta aquí llegamos! ¡Se me agotó la paciencia! ¡Quiero que me devuelvas el dedo! Es uno de mis preferidos. Lo necesito para toda clase de cosas: ¡pasar las páginas de los libros, rascarme el trasero, hurgarme la nariz!* ¡Lo siento, **DESTO**, pero no me dejas alternativa!

---

* Se recomienda no hacer estas dos consecutivamente.

Dicho lo cual, el hombre pasó al ataque. Por fin había encontrado al intrépido **héroe** que se ocultaba bajo su aspecto dócil. A partir de ahora sería el más fuerte de todos los hombres. ¡HURRA!

Alzó el dedo en el aire para saborear su momento de gloria y luego lo hundió en el agua.

¡CHOF!

Dejó la mano sumergida unos instantes, convencido de que el **DESTO** la soltaría.

Sonriendo para sus adentros, esperó. Y esperó. Y esperó. Y siguió esperando.

Y entonces ocurrió algo de lo más *extraño*.

Empezaron a formarse burbujas en la superficie del lago.

¡BLUB! ¡BLUB! ¡BLUB!

Eran unas burbujas enormes, de color café y muy apestosas. Eran tan pestilentes que sólo de olerlas te lloraban los ojos, te picaba la nariz y se te revolvían las tripas. Eran, en una palabra, **APESTILENTUFOSAS**.*

Su olor no tenía nada que ver con el de las popós galletosas y cremosas cuyo rastro había seguido hasta la cueva. El señor Dócil contuvo la respiración y miró hacia abajo. Fue entonces cuando descubrió que en realidad no estaba tocando el fondo del lago, sino que tenía los pies apoyados en algo grande, gris y… vivo.

* Otra palabra real como la vida misma que encontrarán en el **Walliamsionario**.

¡BLUB! ¡BLUB! ¡BLUB!

Las burbujas seguían subiendo hasta la superficie, donde estallaban y liberaban su terrible hedor.

Sólo entonces comprendió el hombre que estaba de pie sobre un animal. Y no un animal cualquiera, ni mucho menos.

Lo que había bajo sus pies era...

¡¡¡un pedopótamo!!!

Capítulo 18

DOBLE PELIGRO

Por supuesto, lo que conviene tener presente en el caso de los **pedopótamos** (y las **pedopótamas**, para el caso son lo mismo)* es que las burbujas sólo son el principio. Se empieza por unas burbujitas de nada y se acaba con una explosión en toda su extensión. Cuando el señor Dócil miró hacia abajo, vio cómo un potente chorro de aire salía despedido de entre sus piernas.

¡PFFF!

La criatura se propulsaba a través del agua como un torpedo.

¡PFFFFFF! ¡FIUUU!

---

* Como pueden comprobar, en este libro no hacemos distinciones por motivo de sexo.

Pese a que alcanzaron una velocidad de ciento cincuenta kilómetros por hora, el **DESTO** no soltó el dedo del hombre.

—¡¡¡VERDOLAGAS Y MONDONGOS!!!

Y si creen que las cosas no podían ir peor, están muy equivocados. Con tanto jaleo, una bandada de **chorlitos unialados** echó a volar desde el árbol en el que habían anidado.

¡PÍO, PÍO, PÍO!

Como sólo tenían un ala (cada uno, no entre todos; eso sería de lo más tonto), revolotearon torpemente, azotando al pobre hombre en la cara...

¡PLAF!   ¡PLAF!   ¡PLAF!

—¡AY, AY, AY!

... antes de caer en picada al agua.

¡CHOF! ¡PLAS! ¡CHOF!

De este modo siguieron sumándose animales a la reacción en cadena, pues el hundimiento de los **chorlitos unialados** atrajo a otra criatura que acechaba en las profundidades del lago:

El croco-croco bicéfalo.

Esta criatura también salía en LA MONSTRUO-PEDIA. Se parecía bastante a un cocodrilo, pero con dos cabezas y sin cola.*

Si tenía doble cabeza, también tenía una doble bocota hambrienta, o lo que viene a ser lo mismo: DOBLE PELIGRO.

---

* Peor sería tener dos colas y ninguna cabeza.

La principal desventaja de tener dos cabezas y ninguna cola era que la criatura no sabía hacia dónde ir. Una cabeza quería avanzar en una dirección y la otra, en la contraria. Pero ambas estaban de acuerdo en que el señor Dócil parecía un bocado apetitoso, así que el **croco-croco** fue tras él, lanzando mordidas a diestra y siniestra con las dos bocas a la vez.

¡CHAS! ¡CHAS! ¡CHAS!

Con el **DESTO** mordiéndole el dedo, el **pedopótamo** liberando bombas fétidas desde abajo, los **chorlitos unialados** cayendo desde el cielo y,

por supuesto, el **croco-croco** intentando devorarlo, el señor Dócil empezaba a pensar que no saldría vivo de ésta.

—¡¡¡SOCOOOOOORROOO!!!
—gritó—. ¡QUE ALGUIEN DEVUELVA LA
MONSTRUOPEDIA A LA **BIBLIOTECA**, POR FA-
VOR! ¡QUE YA TENGO UNA MULTA!

Pero de nada le sirvió ponerse a gritar. Bueno,
sí, le sirvió para empeorar la situación. Y de qué
manera. Los alaridos del señor Dócil despertaron
a otro animal. Y no era un animal cualquiera.
Ah, no.

El hombre había despertado
al animal **más mortífero**
del mundo.

Capítulo 19
LA SALCHICHA VOLADORA

No, el animal **más mortífero** del mundo no era Dalia.

Pero ocurre que, viéndose abocado a una muerte segura, el señor Dócil no pudo evitar pensar en su hija. Quería evocar alguna escena conmovedora antes de morir, pero por más que se esforzara no imaginaba a Dalia haciendo nada remotamente agradable. No se le daba demasiado bien ser buena, pero en cambio portarse mal era su gran especialidad. Los recuerdos se atropellaban en la mente del señor Dócil...

Dalia rompiendo el árbol de Navidad porque no había tenido suficientes regalos.

¡CRAC!

Dalia pisoteando el tablero del parchís porque iba perdiendo.

¡PLOF, PLOF!

Dalia engullendo su pastel de cumpleaños de un solo bocado para que nadie más pudiera probarlo. ¡G R U N F!

Dalia rompiendo la tele de un puñetazo porque se había acabado su programa de *CARICA-TURAS* preferido.

¡CATACRAC!

Dalia haciendo trampa en clase de Educación Física, obligando a su madre a llevarla en coche por la pista de atletismo. *¡BRRRUUUM!*

¡Más rápido!

¡Más rápido!

Dalia inundando adrede toda la casa porque le pidieron que se diera prisa en la regadera.

¡PATACHOF!

Dalia comiendo los libros de sus padres el día que éstos la habían animado a leer alguno.

¡ G R U N F !

Dalia obligando al director de la escuela a meter la cabeza en el escusado y jalar la cadena cuando la castigó por hacerle eso mismo a su profesora.

¡CHOF!

Dalia montando un puesto callejero delante de la casa familiar para vender todas y cada una de las pertenencias de sus padres con el fin de comprarse una montaña rusa.

¡CLINC, CLINC!

Dalia chillando a pleno pulmón porque quería un cono de helado. Cómo serían sus gritos que hicieron volcar al camión de los helados.

¡*CATAPLÁN!*

Pero a lo que íbamos: el animal **más mortífero** del mundo no es Dalia, sino el helifante.

Alas para mantener el equilibrio

Trompa extralarga que funciona como una hélice

Cola o timón para girar a izquierda y derecha

Tren de aterrizaje (patas traseras)

Un helifante es ni más ni menos que un elefante volador.

¿Que cómo se las arregla para volar?

Con la trompa, por supuesto. Creí que era evidente.

Si hubieran consultado LA MONSTRUOPEDIA, lo sabrían.

El helifante tiene una trompa larguísima. Cuando la gira en círculos a gran velocidad, funciona exactamente como una hélice.

¿Qué podría ser más peligroso que un elefante volador?

Nada.

Si tiene que hacer un aterrizaje forzoso y te cae encima, te deja hecho papilla.

Al oír el berrido del señor Dócil, el helifante se despertó con un gruñido de la siestecita que se estaba tomando a la orilla del río. Los helifantes siempre se despiertan con un **gruñido** porque, por mucho que duerman, siempre tienen sueño.*

El animal juró vengarse de quien había interrumpido su siesta, así que puso a girar la trompa y se echó a volar.

¡ZAS!

¿Cómo le hace un **helifante** para cambiar de dirección en pleno vuelo?

Con la cola, por supuesto.

La cola funciona como timón.

Es pura lógica, no me digan que no.

El señor Dócil oyó un sonoro traqueteo, y una gran sombra se proyectó sobre él. Cuando miró hacia arriba, vio una gigantesca salchicha voladora surcando el cielo a toda velocidad, tapando el sol a su paso.

—¡Cásp...

---

* Se sabe de un helifante que durmió durante diecisiete años seguidos y aun así se despertó de mal humor.

Pero antes de que pudiera decir «ita!», el he-lifante lo tomó del pantalón con uno de los colmillos, haciendo que se le metieran los calzoncillos entre las nalgas.*

—*¡TROFOBLASTOS!* —gritó el señor Dócil cuando el helifante lo arrancó del lomo del pedopótamo y se lo llevó volando.

* Que se te metan los calzoncillos entre las nalgas es muy desagradable, pero si encima te pasa mientras vuelas colgado del colmillo de un helifante, la humillación está asegurada.

LA MONSTRUOPEDIA, mientras tanto, se re-torcía en los bolsillos traseros de su pantalón, tratando de escapar, y el DESTO se limitó a hincar los dientes con más fuerza en torno a su dedo, con el ojo cerrado para no desconcentrarse.

—¡ASTRÁGALOS Y MITOCONDRIAS!

El dolor era indescriptible, así que ni siquiera intentaré describirlo, más allá de decir que era indescriptible.

—¡SUÉLTAMEEE! —gritó el señor Dócil al helifante.

Y entonces miró hacia abajo. La verdad es que todo se veía muy pequeño.

—¡PENSÁNDOLO MEJOR, NO ME SUELTES, SI ERES TAN AMABLE! ¡MUCHÍSIMAS GRACIAS!

Capítulo 20
CALIENTADEDOS PELUDO

Con la trompa dando vueltas como una hélice, el Chelifante se elevó por encima de las nubes. Hacía un frío glacial allá arriba, donde se acaba el cielo y empieza el espacio exterior, y el señor Dócil se vio cubierto por una fina escarcha, como un helado recién sacado del congelador. Insorprendente-

mente,* el **DESTO** seguía aferrado a su dedo como si su vida dependiera de ello. El ojillo de la criatura parpadeaba sin parar a causa del frío.

Pese al dolor —antes descrito como indescriptible—, ésa era la única parte del cuerpo del señor Dócil que no se estaba congelando por momentos. El **DESTO** era un calientadedos peludo. El único problema era que no te lo podías quitar.

El **helifante**, que por entonces había recorrido cientos de kilómetros, se disponía a consumar su venganza dejando caer al señor Dócil, que notó de pronto cómo sus pantalones resbalaban del colmillo del monstruo.

—¡¡¡AAARGH!!! —gritó, cayendo al vacío.

¡ZAs!

—¡Híííí! —barritó el **helifante**.

---

* Sí, esta palabra también existe, sabelotodos. Y si no me creen, búsquenla en el **Walliamsionario**.

Si el señor Dócil no hacía algo rápido, acabaría convertido en un charco de salsa boloñesa.

¡Quién tuviera un paracaídas!

Entonces se fijó en la pelotita peluda que seguía agarrada como una lapa a su dedo.

¡EUREKA!

Tuvo una idea. Era un plan tan desquiciado que hasta podría funcionar.

Según LA MONSTRUOPEDIA, los **DESTOS** podían cambiar considerablemente de tamaño, pasando de ser tan pequeños como una canica a alcanzar el volumen de un globo aerostático.

Aferrándose a esa idea, mientras bajaba en caída libre...

¡FIUUU!

... el señor Dócil empezó a soplar con todas sus fuerzas por el único agujero libre del **DESTO**.

¡BUFFF!

¡BUFFF!

¡BUFFF!

El **DESTO** lo miró con el ojo desorbitado. ¿Qué demonios se proponía el hombre?

Tal como si fuera un flotador, la criatura empezó a inflarse. Pronto era tan grande como una pelota de futbol, y luego como una pelota de playa, y entonces el señor Dócil sopló con todas sus fuerzas, hasta quedarse sin aire en los pulmones.

¡BUUUUUUUUUFFFFFFFFFF!

El **DESTO** medía ahora cien veces más que al principio. No sólo era tan grande como un globo aerostático, sino que se comportaba como tal. En vez de caer en picada, el señor Dócil empezó a ganar altura, impulsado por el aire.

¡ZAS!

—¡ESTOY VOLANDO!
—exclamó.

Capítulo 21
EL ZEPELUDO

Ahora, lo único que el señor Dócil tenía que hacer era ir rumbo a su casa. Mientras veía pasar continentes enteros bajo sus pies, pensaba muy ufano en todo el dinero que se estaba ahorrando en boletos de avión. Usando la pierna a modo de timón, se desvió hacia arriba al sobrevolar África, cruzó Europa continental y se dirigió a las islas británicas.

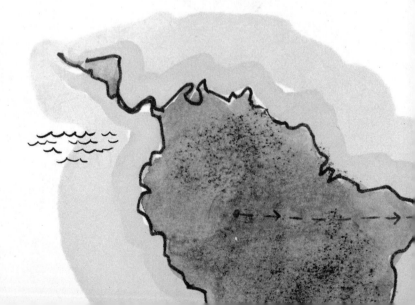

De vez en cuando, echaba más aire por
el agujerito del **DESTO** para que no
se desinflara.

¡BUFFFFFF!

Lo mejor de todo era que LA MONSTRUOPEDIA seguía a salvo en los bolsillos traseros de su pantalón, y aunque tendría que pagar una buena multa por devolverla con retraso, hubiera sido mucho peor perder el libro.

El señor Dócil estaba muy orgulloso de sí mismo. Si hubiera podido, se habría dado una palmadita en la espalda, porque había inventado un nuevo medio de transporte:

¡EL ZEPELUDO!*

En cuestión de días, el señor Dócil estaba sobrevolando su ciudad. Luego su calle. Y finalmente su casa.

No pudo evitar sonreír de satisfacción. Qué maravillosa sorpresa le daría a su adorada hija. No sólo había burlado la muerte, sino que además le

---

* Como un zepelín, pero recubierto de pelo. Luego estaría el zepelado, para quienes vuelan en clase turista, y el zepelazo para la clase *business*.

traía el mejor regalo que nadie le había hecho jamás: todo un mito. Toda una leyenda. Todo un acontecimiento. Todo un **DESTO**.

—¡Lo conseguí! —exclamó el señor Dócil—. ¡Yo solito!

Emocionado, el hombre rodeó con los brazos a la bola peluda.

—¡Gracias, gracias, gracias! ¡Por no soltarme y por dejarme echar aire en tu... lo que sea!

Por desgracia, el hombre abrazó al **DESTO** con demasiado entusiasmo. La criatura abrió mucho el ojo de puro espanto y, tal como un globo, empezó a perder aire a borbotones, mucho más deprisa de lo que el hombre podía inflarlo.

¡¡¡PFFFFFFFFF!!!

¡FIUUUUUU!

El señor Dócil iba rumbo a su casa con la esperanza de hacer un aterrizaje suave en el jardín, pero su plan se estaba yendo al caño. Iba derecho hacia la casa.

—**¡NOOO!** —gritó.

Bajando en caída libre.

El hombre se estrelló contra el techo.

¡CATACRAC!

¡PUMBA!

Atravesó limpiamente el primer piso y aterrizó sobre la alfombra de la sala, rodeado de escombros y envuelto en una nube de polvo.

—¡UF!

Por suerte LA MONSTRUOPEDIA, que seguía llevando metida en los bolsillos traseros del pantalón, le amortiguó la caída. De lo contrario, podría haberse roto el trasero.*

—Por favor, recuérdenme que la devuelva a la BIBLIOTECA —dijo el señor Dócil—, antes de que me suban la multa.

* Imagínense la escena en el hospital:
—Doctor, doctor, me duele el trasero. Creo que me lo rompí.
—Déjeme ver... Oh, vaya, qué situación tan vergonzosa. Sí está roto. Tendrá que llevarlo enyesado durante un mes, más o menos.
—¿Y si necesito ir al baño?
—Me temo que tendrá que aguantarse.
—¡RECÓRCHOLIS!

Capítulo 22

UNA BARBA
HASTA EL OMBLIGO

—¡Te lo tomaste con calma! —le espetó Dalia, tirada en el sofá viendo *CARICATURAS*.

—Santo cielo, ¿te encuentras bien, amor mío? —exclamó la señora Dócil, que entró corriendo en la habitación.

—¡Qué pesada, estoy perfectamente! —contestó la niña.

—¡No me refería a ti, bizcochito, sino a papá! —nada más de verlo, la mujer rompió a llorar a moco tendido—. ¡Buaaa, buaaa, buaaa! ¿Pero qué te pasó?

Es verdad que el señor Dócil no tenía muy buen aspecto. El padre de familia había pasado meses fuera de casa. Estaba en los huesos y tenía una barba que le llegaba hasta el ombligo. Además, como había atravesado el tejado de la casa y el techo de la sala, estaba rebozado en polvo de pies a cabeza. Lo más increíble de todo, sin embargo, era que seguía teniendo una bola peluda agarrada a la yema del dedo índice, aunque para entonces se había desinflado hasta alcanzar su tamaño original.

—Por favor, no llores, querida —dijo el hombre, levantándose con esfuerzo—. ¡Hay mucho que celebrar! ¡Fíjense! —despacio, el hombre levantó el brazo con el dedo extendido—. ¡Mira lo que le traje a nuestra querida hija!

La señora Dócil miró asombrada a su heroico marido. Seguía llorando, pero de puro orgullo.

—¡Así es! —continuó el señor Dócil—. Tu padre ha coronado con éxito esta arriesgada misión. Desde las entrañas de **la más profunda, oscura y junglosa de las junglas**, te traigo un... ¡**DESTO**!

Dalia apartó los ojos de la tele por unos instantes, le echó un vistazo y dijo:

—¡Ya tengo uno!

CUARTA PARTE

EL GRAN DESTO
Y
EL PEQUEÑO DESTO

Capítulo 23
CÓMO NOS REÍMOS

Como era de esperar, el señor Dócil no lo podía creer.

—¡¿Cómo que **ya tienes uno**?!

—¿Estás tonto o qué? —replicó Dalia—. ¡Te digo que ya tengo un **DESTO**! —señaló una pequeña jaula que había en un rincón—. ¡Mira, tonto!

Sin salir de su asombro, el hombre se acercó a la jaula y miró a través de las rejas. Lo que vio al otro lado, sobre unas hojas de periódico, era efectivamente un **DESTO**, que lo miraba parpadeando con su ojito redondo.

—¿De dónde demonios lo sacaste? —farfulló el señor Dócil.

—De la tienda de mascotas.

—¡¿DE LA TIENDA DE MASCOTAS?!

—¡Te lo acabo de decir! ¿Estás sordo?

El señor Dócil miró a su esposa, que asintió en silencio.

—Lo siento muchísimo, querido —empezó la mujer, con la cara todavía bañada en lágrimas—, pero llevabas tanto tiempo fuera que casi había perdido toda esperanza de que volvieras.

—Creíamos que estabas criando malvas —puntualizó Dalia.

—¡SENCILLAMENTE MARAVILLOSO! —replicó el señor Dócil.

—Así que intenté conseguir un **DESTO** por otra vía. Sobre todo porque Dalia empezaba a estar... ¿cómo lo diría...? Empezaba a estar *ligeramente inquieta*.

—Tomé a mamá por sorpresa, le metí la cabeza en el escusado y jalé la cadena —aclaró Dalia entre risas.

—Bueno, de todos modos me tocaba lavarme el pelo. ¿Y a que no sabes qué? —prosiguió la mujer, haciendo una mueca al recordar el incidente del escusado—. ¡Resulta que había un **DESTO** a la venta en la tienda de mascotas del barrio! ¡Ay, cómo nos reímos!

—¡JUA, JUA, JUA! —se desternilló la niña.

El señor Dócil respiró hondo. No era muy dado a enojarse, pero no podía negar que estaba un poco molesto.*

* He aquí la escala de la ira, de más a menos:

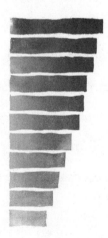

HECHO UNA FURIA
FURIBUNDO
Sulfurado
ENFURECIDO
Enojado
ALTERADO
Irritado
Molesto
FASTIDIADO
Contrariado
ENFURRUÑADO

—Recorrí miles de kilómetros —farfulló el hombre—, por poco me devoran, ¿y resulta que todo este tiempo había un DESTO en la TIENDA DE MASCOTAS de la esquina?

—Lo siento mucho, querido... —repuso la mujer—. Tendríamos que haberlo comprobado antes de que te fueras. Además, estaba en oferta.

—¿¿¿EN OFERTA, dices???

—¡Sí! Lo compramos a mitad de precio, así que fue una ganga.

El señor Dócil estaba a punto de romper a llorar. Se dejó caer en lo que quedaba de su sillón.

—¡Aaay!

El hombre seguía llevando LA MONSTRUOPEDIA embutida en los bolsillos traseros del pantalón.

El libro se retorcía de aquí para allá, harto de estar pegado al trasero de un hombre que llevaba meses sin bañarse.

A la hora que el señor Dócil estiró un poco hacia atrás la cinturilla del pantalón, el libro se escabulló dando un salto.

¡ALEHOP!

Y aterrizó en lo que quedaba de la mesita de centro. La cubierta de piel llevaba impresa la huella de unas nalgas.

ANTES

DESPUÉS

El señor Dócil se miró la mano. Pese a todo, el **DESTO** seguía agarrado con fuerza a su dedo y lo miraba con el ojo entornado de puro odio. Entonces pasó algo de lo más extraño. El hombre rompió a reír.

—¡Ja, ja, ja!

No era la clase de carcajada que suelta alguien cuando oye algo gracioso, sino más bien la de alguien que está completamente ido.*

—¡Ahora tenemos dos **DESTOS**! ¡Dos! ¡Dos! ¡Es la peor mascota del mundo y nosotros tenemos dos! ¡DOS! ¡Ja, ja, ja!

—Eso es —dijo Dalia—. Ya tengo uno, y no quiero otro.

—No debes hablarle así a tu padre, cielito mío —señaló la señora Dócil.

—¡Cierra el pico! —replicó la niña.

---

* O, en el caso del señor Dócil, completamente «vuelto».

La mujer enmudeció.

—Quédatelo —suplicó el señor Dócil, tendiéndole el dedo con el **DESTO**—. Por favor. ¡Te lo ruego!

—¡QUE NO! —bramó la niña—. ¡Los **DESTOS** son un aburrimiento!

—¿Un aburrimiento?

—Pues sí. No saben hacer nada. Yo pensaba que el mío iba a destrozar toda la casa, pero se pasa el día rodando de aquí para allá como un huevo gordo y peludo.

El señor Dócil se dio por vencido.

—Bueno, pero ¿alguien me ayuda a quitarme este dichoso **DESTO** del dedo, porfi, porfi? Me duele horrores.

—Claro, faltaría más, querido —contestó la señora Dócil—. Dalia, ¿serías tan amable de ayudarme a jalar el **DESTO** para que suelte el dedo de papá, por favor?

—¡NI LO SUEÑES! —replicó la niña—. ¡Ya se las arreglarán ustedes, vejestorios!

Con un suspiro de resignación, la mujer tomó al **DESTO** entre las manos. El ojo de la criatura rodó en su dirección y le echó una mirada asesina.

—¡Jala! —ordenó el señor Dócil.

La mujer jaló con todas sus fuerzas, pero el **DESTO** no se movió ni un milímetro.

—¡Jala!

Era en vano.

—¡JALA!

Nada.

La pobre mujer se había quedado sin aliento.

—¡Cuánto lo siento, querido, pero no puedo más! —dijo con un hilo de voz.

Entonces el señor Dócil tuvo una idea.

—¿Tenemos **galletas rellenas de crema**?

—No —contestó su mujer—. No queda ni una. Teníamos una lata de las grandes, pero el **DES-TO** se las zampó todas en un dos por tres.

El hombre comprendió lo que tenía que hacer.

—¡Eso quiere decir que sólo hay una forma de quitarme esta maldita cosa de encima! —anunció—. Necesitamos una... —hizo una pausa para dar más emoción a sus palabras—…

...¡GALLETA!

Capítulo 24

LO MÁS NORMAL DEL MUNDO

El señor Dócil atrajo toda clase de miradas extrañas en el supermercado por llevar el **DESTO** colgado del dedo. Pero, **siendo como era británico**, se dijo que lo mejor era comportarse como si llevar una bola peluda con un ojo saltón agarrada al dedo fuera lo más normal del mundo.

—¡Buenos días! —saludó a los demás clientes del súper.

Siendo como eran británicos, éstos tampoco decían nada, sino que sonreían educadamente y se alejaban a toda prisa.

Pese a ser demasiado grande para ir en el asiento para bebés del carrito del súper, Dalia insistió en que la llevaran dentro.

—¡Tengo alergia a caminar! —anunció mientras sus padres la subían al carrito.

—Veamos, ¿dónde están las **galletas rellenas de crema**? —se preguntó el señor Dócil.

—¡Quiero papas fritas! —anunció Dalia.

—Hoy no vamos a comprar papas fritas, tesoro —le advirtió su madre—. Sólo **galletas rellenas de crema** para que el **DESTO** suelte el dedo del pobre papá.

Dalia nunca, pero nunca, había obedecido a sus padres, y no tenía intención de empezar a hacerlo ese día, así que tomó una bolsa extragrande de papas fritas y la dejó caer en el carrito.

¡P
L
O
F!

—¡Bueno, pero sólo eso, dulce flor de alhelí!
—canturreó su madre—. Nada más.

—**¡MÁS, MÁS, MÁS!**

—¡Más no, por favor!

—¡CHOCOLATE!

—No, hoy no vamos a comprar chocolate, pichoncito mío —replicó su padre.

Dalia agarró la tableta de chocolate más grande que había en la estantería.

¡CLONC!

—Ahora sí ya está, princesa de mi corazón —dijo su padre, apretando el paso y empujando el carrito lo más deprisa que podía para llegar cuanto antes al pasillo de las galletas. El **DESTO** debía de estar hambriento, o tal vez el olor a comida le estuviera abriendo el apetito, pero el caso es que abrió mucho el ojito saltón y sus afilados dientes se clavaron con más fuerza en el dedo del señor Dócil.

—¡GRRR! —gruñó la criatura.

—¡ÓSCULOS Y PALITROQUES! —aulló el hombre.

—¡MÁS, MÁS, MÁS!

—Dije que no, por lo que más quieras —suplicó la señora Dócil.

—¡DULCES!

—¡No, hoy no vamos a comprar dulces, angelito mío! —farfulló la mujer, corriendo para no quedarse atrás.

El señor Dócil empujaba el carrito tan deprisa que varias señoras mayores tuvieron que apartarse de un salto para que no las embistiera.

—¡Perdón! —se disculpó el hombre cuando una pobre ancianita cayó dentro de un congelador.

—¡No pasa nada! —exclamó la mujer—. ¡Necesitaba una bolsa de chícharos!

Mientras tanto, Dalia iba tomando bolsas y más bolsas de dulces.

¡CLONC! ¡PLOF! ¡PLAF!

El carrito no tardó en llenarse hasta el tope.

—¡Ya basta de dulces! ¡¡¡Ay, uy!!! —dijo el señor Dócil, casi volando pasillo abajo. El dedo le dolía tanto que empezaba a sentirse mareado.

Estaba seguro de que el **DESTO** iba a arrancárselo de un momento a otro.

—¡**GRRRRRR**!

—¡¡¡GARAPULLOS Y PLEONASMOS!!! —gritó el hombre.

Justo entonces, una guardia de seguridad dio vuelta en la esquina del pasillo y bramó:

—¡ALTO AHÍ!

Capítulo 25
UNA VERRUGA

La muy insensata se había plantado justo en la trayectoria del carrito desbocado. Aunque su mano extendida era una orden inequívoca para que se detuviera, el señor Dócil no logró frenar a tiempo.

—¡PERDÓN! —gritó, pero era demasiado tarde.

¡CATAPUMBA!

El carrito en el que Dalia iba sentada se empotró contra la guardia de seguridad, que salió disparada.

¡FIUUU!

—¡AAAY!

Al verla, la niña se echó a reír sin disimulo:

—¡JA, JA, JA!

—No debes reírte, cariño —le dijo su madre.

—¡No me río, me muero de risa! —replicó la niña—. ¡JUA, JUA, JUA!

La guardia de seguridad aterrizó en la sección de quesos, entre un *queso azul* y un **CHEDDAR**. Por suerte, un *Camembert* blandito y sumamente apestoso amortiguó su caída.

¡CHOF!

—¡ARGH!

—Tiene usted buen ojo para los quesos —la felicitó el señor Dócil con una sonrisa. Esperaba poder distraerla con halagos después de que fuera arrollada por un hombre que corría como un poseso por el súper con una bola peluda colgada del dedo.

—¿Le importaría explicarme adónde iba con tanta prisa? —preguntó la guardia de seguridad mientras trataba de quitarse el queso pestilente del pantalón.

—¡Ah, nos dirigíamos tranquilamente al pasillo de las galletas! —contestó el señor Dócil, y señaló con el dedo, olvidando por unos instantes que llevaba el **DESTO** agarrado a la yema—. Rayos... —murmuró.

—¿Qué es eso? —preguntó la guardia.

—¿Qué es qué? —replicó el hombre, haciéndose el tonto.

—Esa cosa.

—Es un **DESTO** —intervino Dalia.

—¡SHHH! —la hizo callar su madre.

—Las mascotas están estrictamente prohibidas en este supermercado —anunció la guardia.

—No es una mascota —mintió el señor Dócil.

—¿Le importaría explicarme qué es, si no?

El hombre lo pensó unos instantes. No se le daba bien mentir.

—Una **verruga**.

—¡UNA **VERRUGA**! —exclamó Dalia—. ¡JUA, JUA, JUA!

—¡SHHH! —repitió su madre.

La guardia de seguridad no parecía convencida. Se acercó para inspeccionar la extraña protuberancia, entornando los ojos y arrugando la nariz con cara de asco.

—Si es realmente una **verruga**, tiene que ser la **verruga** más **grande**, peluda y **repulsiva** que he visto jamás.

—Gracias —repuso el señor Dócil—. Mi **verruga** ha ganado varios concursos.

En ese instante, el **DESTO** abrió el ojo y miró a la guardia de seguridad.

—¡Y ADEMÁS TIENE UN OJO!

—Seguramente por eso ganó en el concurso.

La mujer no salía de su asombro.

—¿Qué clase de concurso? —preguntó.

—El concurso nacional de **verrugas**, claro está. Ganó el primer premio a la verruga más peluda de todo el suroeste. Tengo un certificado y todo. Y a mi **verruga** le dieron una medalla.*

Al **DESTO** no debió de sentarle demasiado bien que lo tomaran por una vulgar **verruga**, porque emitió un gruñido y clavó más los dientes en el dedo del señor Dócil.

—¡GR**R**R!

—¡FORÚNCULO, PIORREA Y FALORDIA!

—¡Su **verruga** acaba de gruñir! —exclamó la guardia de seguridad.

---

* Los concursos de verrugas eran increíblemente populares en la época medieval, cuando tener la cara repleta de bultos se consideraba una máxima de la belleza.

—¿De veras? Yo no oí nada —mintió el señor Dócil.

—Pues yo sí.

—**¡GRRR!**

—¡SUDOKU!

—¡Otra vez!

—Las **verrugas** grandes pueden llegar a emitir ruidos —siguió mintiendo el señor Dócil—. No hay motivo para alarmarse. Lo que pasa es que está creciendo. Y ahora, si no le importa, mi **verruga** y yo tenemos que tomar un paquete de *galletas rellenas de crema*. ¡Hasta lueguito!

Dicho esto, empujó el carrito hacia delante y apresuró el paso.

¡FIUUu!

Capítulo 26

UNA EXPLOSIÓN VOLCÁNICA DE LÁGRIMAS, MOCOS Y BABAS

Con la mano libre, el señor Dócil tomó sobre la marcha un paquete de **galletas rellenas de crema** y corrió hacia la caja más cercana. Cuando todas las cosas que Dalia había echado en el carrito acabaron de pasar por la banda transportadora, la cajera, una adolescente con cara de pocos amigos, anunció:

—¡Serán setecientas ochenta y tres libras con cincuenta y tres peniques!

En el carrito había una montaña de papas fritas, tabletas de chocolate y dulces. Era un disparate, incluso tratándose de Dalia.

—¡Me temo que no traigo tanto dinero! —se lamentó el señor Dócil, al borde del pánico.

—¡Yo tampoco! —dijo la señora Dócil, y volteándose hacia su hija, añadió—: Chiquitina mía, ¿qué te parece si dejamos una o dos bolsitas de dulces?

Dalia miró a sus padres con profundo desprecio.

—¡¡¡NOOOOOO!!! —gritó a todo pulmón.

Cómo sería su grito que lo oyó todo el súper... del pueblo de al lado. Por supuesto, siendo dóciles de apellido y por naturaleza, lo último que querían sus padres era armar una escena. Hasta el **DESTO** parecía incómodo con la situación. La criatura emitió un gruñido...

—¡¡¡GGGGGGGRRRRRR!!!

... cerró el ojo y volvió a clavar los dientes con fuerza en el dedo del hombre.

El señor Dócil hizo una mueca de dolor.

—¡LICOPODIO, ESCRÓFULA, CARBUNCO!

Todas las miradas se voltearon hacia el hombrecillo tímido, que añadió:

—Perdón, es que mi **verruga** está pasando una crisis de crecimiento.

— ¡GRₖR!

Al **DESTO** no le gustó ni un poquito que lo llamara **verruga**, y le clavó los dientes con más saña.

—¡¡¡MANDURRIAS Y LIGUSTROS!!! —gritó el hombre—. Por favor, volvamos a casa cuanto antes. ¿Qué tal si devolvemos esta lata tamaño industrial de caramelo?

El señor Dócil alargó la mano para tomarla.

—¡NI SE TE OCURRA TOCAR EL CARAMELO!

—¿Qué pasará si lo hago? —preguntó el hombre.

—¡GRITARÉ, GRITARÉ Y SOBRE TI VOMITARÉ!

—No sería la primera vez —dijo la señora Dócil.

Mientras tanto, la fila de clientes contrariados iba creciendo. Siendo como eran británicos, nadie se quejaba abiertamente, pero expresaban su descontento chasqueando la lengua al unísono:

—Tsss, tsss, tsss...

—Oh, no. Nos están chasquilenguando.* Esto es de lo más vergonzoso —susurró el señor Dócil.

* ¡Que sí existe esta palabra! Búsquenla en el **Walliamsionario**. La costumbre de chasquear la lengua para expresar contrariedad se atribuye a William Chasquespeare, gran dramaturgo y poeta inglés que al parecer emitía ese sonido siempre que le fallaba la inspiración.

—Por favor, ¿podemos devolver aunque sólo sea esta cosita de nada? —suplicó la señora Dócil, sosteniendo una humilde bolsa de caramelos.

—¡¡¡BUUUUUUAAAAAAAAAAA!!! —bramó Dalia.

Una explosión volcánica de lágrimas, mocos y babas roció a todos los presentes. Al señor y la se-

ñora Dócil. Al **DESTO**. A la cajera. A los clientes que hacían fila. Nadie se libró de la lluvia de lágrimas, mocos y babas de Dalia.

—¡GR**R**R! —gruñó el **DESTO**.

—Ejem, ejem, ejem... —refunfuñó la clientela.

—¡Vaya, eso fue resfrescante! —apuntó la señora Dócil, intentando poner una nota de humor.

Alertada por el alboroto, la encargada del súper salió de su oficina a grandes zancadas.

—¡LARGO, LARGO, LARGO! ¡FUERA DE MI SUPERMERCADO! ¡AHORA MISMO! —gritó. Pero el revoltijo de lágrimas, mocos y babas que cubría el suelo lo había vuelto resbaladizo como una pista de hielo... La mujer perdió el equilibrio y recorrió los últimos metros de pasillo derrapando sobre el trasero.

¡ZAS!

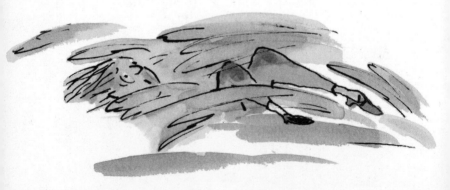

—¡¡¡AYYY!!!

Tomó tal velocidad que se empotró contra el carrito con un sonoro...

¡CLONC!

Entonces el carro salió despedido...

¡FIUUU!

... y fue a estrellarse contra la luna de cristal del supermercado.

¡CATACRAC!

Dalia salió volando calle abajo junto con toda la compra.

¡FIUUUUU!

—Quién nos lo iba a decir... —murmuró la señora Dócil.

—Desde luego —asintió su marido.

Capítulo 27

COMO LOCA

Dalia seguía embutida en el asiento para bebés, engullendo papas fritas sin parar, mientras el carrito del súper avanzaba desbocado calle abajo, zigzagueando entre el tráfico.

¡PIII, PIII!

¡ÑÍÍÍÍ!

¡POOO, POOO!

¡ZAS!

—¡Detengan ese carrito! —gritó el señor Dócil por la ventanilla de su coche—. ¡Dentro hay unas **galletas rellenas de crema** sumamente importantes!

—¡Y también nuestra hija! —añadió la señora Dócil.

—Ah, sí, y también nuestra hija.

—Lo primero es lo primero. No vaya a ser que se enoje nuestro angelito.

—Eso no lo queremos por nada del mundo.

—¡Desde luego!

Dando volantazos, el señor Dócil se las arregló para sortear los demás vehículos y alcanzar el carrito.

¡BRRRUM!

—¡Agárrate al cofre del coche! —ordenó a Dalia.

—Estoy ocupada —replicó la niña.

Era cierto. Acababa de abrir el paquete de *ga- lletas rellenas de crema*.

—¡Por favor, pichoncito, no te las acabes! —suplicó su padre, sacando el brazo por la ventanilla para detener el carrito—. ¡Son para el **DESTO**!

—¡**GRRR**! —gruñó la criatura, girando el ojo de aquí para allá hasta enfocar el paquete de *galle- tas rellenas de crema*.

Nada más de verlas, se puso COMO LOCA.

—¡¡¡GRRRRRRRRRRR!!!

Soltó al instante el dedo del señor Dócil.

—¡GRRR!

—¡Mi dedo! ¡Sigue en su sitio! —exclamó el hombre, inspeccionando las profundas marcas que la criatura le había dejado.

Entonces el DESTO saltó del coche en marcha y se metió en el carrito del súper.

¡ALEHOP!

—¡GRRR!

Botó sobre los envases y bolsas de comida...

¡BOING, BOING, BOING!

... y, con un último salto, se abalanzó sobre Dalia y engulló la galleta que la niña tenía en la mano.

¡ÑAM!

—¡QUÍTATE DE ENCIMA, BICHO AS-QUEROSO! —gritó Dalia, apartando a la criatura y sacando otra *galleta rellena de crema* del paquete. Con tanto alboroto, no se dio cuenta de lo que tenían delante: un autobús de dos pisos que estaba parado en medio de la calle.

El señor Dócil pisó a fondo el pedal del freno.

¡¡¡ÑÍÍÍÍÍÍ!!!

El coche se detuvo dando sacudidas.

El señor y la señora Dócil se dieron de boca con el parabrisas.

¡CATAPUMBA!

—¡DALIA! ¡CUIDADO! —gritó su madre.

Pero era demasiado tarde.

El carrito se empotró contra el autobús.

¡CLONC!

En un dos por tres, el carrito y todo lo que contenía volaron por los aires.

¡ZAS!

El DESTO surcó el cielo a gran velocidad.

¡GRRRR!

El señor y la señora Dócil se quedaron boquiabiertos, viendo cómo su hija daba volteretas en el aire sin soltar la galleta.

¡GRUNF, GRUNF!

Hasta que al fin se estrelló en la calzada con un estruendoso...

¡CATAPLUM!

Capítulo 28

¡GRUNF!

Después de que el señor y la señora Dócil recogieran a Dalia, al **DESTO** y también toda la comida que había quedado desparramada en la calle, lo metieron todo como pudieron en el coche —que era más bien pequeño— y regresaron a casa. Sólo cuando abrieron la cajuela se dieron cuenta de que el **DESTO** había devorado algo más que las *galletas rellenas de crema*.

—¡Cáspita! —exclamó el señor Dócil.

—Desde luego —asintió su mujer.

Oh, no. El **DESTO** había devorado todas las papas fritas, todas las tabletas de chocolate y todos los dulces. Tenía la boca sucia de chocolate. Bueno, suponiendo que fuera la boca... y suponiendo que fuera chocolate. Tras zamparse aquella montaña de comida del supermercado, la criatura había empezado con la llanta de refacción.*

¡GRUNF!

De tanto comer, el **DESTO** había crecido de un modo espectacular. Ahora tenía el tamaño aproximado de una pelota saltarina y, tal como las pelotas saltarinas, rebotaba sin parar de aquí para allá.

¡B O I N G!

Con un salto, se escabulló de la cajuela.

¡B O I N G!

Con otro, dejó atrás a los señores Dócil.

¡B O I N G!

Y se fue saltando por el camino que llevaba a la casa.

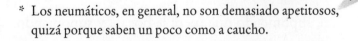

* Los neumáticos, en general, no son demasiado apetitosos, quizá porque saben un poco como a caucho.

¡B O I N G!

Hasta llegar a la puerta principal.

¡B O I N G!

Como no podía seguir avanzando, el **DESTO**
empezó a rebotar contra la puerta.

¡B O I N G! ¡B O I N G! ¡B O I N G!

Los BOING eran cada vez más fuertes.

¡B O I N G! ¡B O I N G! ¡B O I N G!

—¡Un momentito, **DESTO**, si eres tan amable!
—dijo la señora Dócil a gritos—. ¡Ahorita te abro!

Por desgracia, la mujer no sabía hablar ni una
palabra de **DESTÉS**, así que se fue tras la criatura agi-
tando el manojo de llaves que tenía en la mano. Justo
cuando iba a introducir la llave en la cerradura...

¡B O I N G! ¡B O I N G! ¡B O I N G!

... el **DESTO** rebotó contra la puerta con tanta
fuerza que la arrancó de las bisagras.

¡CATACRAC!

La puerta se desplomó hacia dentro.

¡PUMBA!

—Vaya, veo que ya abriste —observó la mujer, intentando atenuar la situación.

Mientras tanto, el señor Dócil había ido por Dalia al coche. La niña pesaba bastante más que cuando él se había marchado de casa, semanas atrás.

—¡Ay, ay, ay, mi espalda! —aulló de dolor cuando intentó tomarla en brazos—. ¿Te importaría caminar los dos o tres pasitos que hay hasta la puerta, princesa?

—¡NI HABLAR! —replicó la niña.

—Bueno, haré lo que pueda —dijo el hombre, resignado.

Mientras avanzaba tambaleándose a cada paso, la niña vio los envases vacíos en la cajuela abierta.

—¿DÓNDE ESTÁ MI COMIDA? —bramó.

—Verás, bomboncito, tengo que darte una mala noticia...

—¿QUÉ PASA?

—Me temo que el **DESTO** se la comió toda.

—¡NOOOOOOOOO!

—Pero no se acabó la llanta de refacción, por si se te antoja probarla...

—¡BuᴜᴜAAAAAA!

Capítulo 29
PEQUEÑO DESTO, GRAN DESTO

Ahora, queridos lectores, los invito a contemplar esta escena entrañable: en la sala, el **DESTO** rebotaba como loco frente a la jaula del otro **DESTO**, el que habían comprado.

¡BOING! ¡BOING! ¡BOING!

—¡Qué liiiiindos! —exclamó la señora Dócil con una vocecilla aguda—. ¡El gran **DESTO** se muere de ganas de conocer al pequeño **DESTO**!

El pequeño **DESTO** había salido de debajo de una pila de papel y presionaba la boca (o quizá fuera el otro orificio)* contra los barrotes. El gran **DESTO** golpeaba la jaula al rebotar.

* Nunca lo sabremos a ciencia cierta.

—¡HIIIC, HIIIC, HIIIC! —chillaba.

¡B O I N G ! ¡B O I N G ! ¡B O I N G !

¡CLONC, CLONC, CLONC!

Con esfuerzo, el señor Dócil llevó a su hija en brazos hasta el salón y la depositó en el sofá.

Una nube de polvo llenó la habitación.

—¡Estas dos criaturas adorables serán grandes amigas! —predijo la señora Dócil—. ¡Mira, Dalia, tesoro!

—¡QUÉ QUIERES?

—Puesto que son tus mascotas, ¿qué te parece si te encargas de presentar al gran **DESTO** y al pequeño **DESTO**?

—¡CARICATURAS!

—¿Ahora?

—¡SÍ, AHORA!

La señora Dócil soltó un suspiro de resignación y encendió la tele. Dalia se quedó hipnotizada frente a la pantalla mientras se hurgaba la nariz distraídamente.

—Si algo sé tras haber consultado todos los libros sobre conducta animal* que hay en la **BIBLIOTECA** es que, cuando dos mascotas empiezan a convivir bajo el mismo techo, lo más sensato es tomárselo con calma —empezó la señora Dócil.

---

* El mejor libro sobre cómo fomentar la convivencia pacífica entre dos mascotas se titula *Cómo fomentar la convivencia pacífica entre dos mascotas.*

—En eso tienes toda la razón, querida.

—Muchas gracias, querido. Tú sujeta al gran **DESTO** mientras yo saco al pequeño **DESTO** de la jaula.

El señor Dócil hizo lo que le decía su mujer. Se arrodilló, y al hacerlo se agarró accidentalmente la barba bajo las rodillas.

—¡AAAY!

—¿Estás bien?

—¡Sí, sí, perfectamente! —respondió el hombre con impaciencia.

El señor Dócil inmovilizó al gran **DESTO**, sujetándolo con fuerza sobre la alfombra para que dejara de botar.

—¡GRRRRR!

Mientras, la señora Dócil abrió la jaula del pequeño **DESTO** con delicadeza.

¡CLINC!

—¡HIIIC, HIIIC, HIIIC!

—Veamos —dijo la mujer, metiendo la mano en la jaula para sacar a la criatura—. Para empezar, voy a dejar que se olisqueen un poco.

La señora Dócil tomó con delicadeza al pequeño **DESTO**, que no mediría más que una canica. Despacio, despacio, muy despacio, lo acercó al nuevo miembro de la familia. El pequeño **DESTO** abrió el ojo como si fuera a salírsele de la órbita.

—Pequeño **DESTO**, te presento a gran D...

Pero antes de que pudiera acabar la frase, el gran **DESTO** se zafó de las manos del señor Dócil, dio un salto...

—¡GRRRRRRRRRRRRRRRRRRRRRR!
¡BOING!
¡ÑACA!

... y devoró al pequeño **DESTO** de un solo bocado.

¡GRONF!

—Vaya... No salió exactamente como esperaba
—observó la mujer.

Puede que la escena no fuera tan entrañable
como había previsto. Mis disculpas.

Capítulo 30
REPETICIÓN DE LA JUGADA

—Dalia, cariñito mío... —empezó la señora Dócil.

—¿QUÉ PASA? —replicó la niña, todavía pegada a la tele.

—Es el pequeño **DESTO**... No sé cómo decírtelo... El gran **DESTO** se lo co... este...

—¡DESEMBUCHA!

—... se lo comió.

—¡¡¡NOOOOOOOOOOOOOOOO OOOOOOOOOOOOOOOOOO!!! —bramó Dalia.

—Tendríamos que haberle buscado un psicólogo infantil especializado en la muerte de las mascotas... —susurró el señor Dócil.

—Pobre angelito mío... —dijo la señora Dócil—. Imagino lo disgustada que estarás.

—**¡PUES CLARO!** —exclamó Dalia—. ¡Por habérmelo perdido!

—¿Cómo dices?

—¡QUIERO LA REPETICIÓN DE LA JUGADA!

—¿Que quieres la qué?

—¡VAYA PAR DE TONTOS! Hagan que el gran **DESTO** vomite al pequeño **DESTO** y luego se lo trague otra vez.

La señora Dócil tenía los ojos arrasados en lágrimas, y se llevó el pañuelo a la boca. Nunca en toda su vida había oído nada que le revolviera el estómago.

—¡No! —dijo con firmeza—. No podemos hacerlo.

—¡Entonces cierra el pico de una vez y déjame ver las *CARICATURAS*!

—Por supuesto, tesoro mío. ¡Siento mucho haberte molestado!

—¡QUE TE CALLES!

La señora Dócil se volteó hacia su marido y comprendió que algo había pasado. Algo terrible.

—Querido...

—¿Sí, querida...?

—¿Dónde está el **DESTO**?

El hombre miró a su alrededor, pero no había ni rastro de la criatura en la sala.

—Eh, no. ¡No lo sé!

¡CATAPUMBA!

¡Ahí estaba!

Echando abajo la puerta de la cocina.

—A lo mejor sigue teniendo hambre... —aventuró el hombre.

La pareja corrió hacia la cocina, donde comprobó horrorizada que el **DESTO** estaba arrasándolo todo en busca de comida.

— ¡GRRRRRRRRRRRRRRRRRRRR!

Había platos hechos trizas por todo el suelo.

¡CRAC!

Trastes volando por los aires.

¡ZAS! ¡CLONC! ¡PLOF!

Vasos hechos añicos.

¡CHIS, CHAS!

Usando uno de sus orificios, el **DESTO** abrió la puerta del refrigerador.

¡CLIC!

Una vez dentro, engulló todo lo que había en su interior.

¡GRUNF, **GRUNF, GRUNF!**

—¡Sácalo de ahí! —gritó la señora Dócil—. ¡Ese mousse de chocolate era para la merienda de Dalia!

¡DEMASIADO TARDE!

¡SLURP!

El señor Dócil intentó atrapar al **DESTO** cuando iba a salir del refrigerador dando un brinco, pero la criatura lo embistió de frente, tirándolo al suelo.

—¡GRrrrrrrrrrrrrRRRRRRR!

¡ZAS!

—¡AAAY!

¡CATAPUMBA!

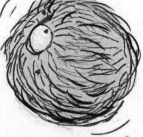

—¡Nooo! —gritó la señora Dócil, y sin pensarlo se abalanzó sobre el **DESTO** y quedó despatarrada encima de la criatura.

—No lo puedo creer, ¡estoy montando el **DESTO**! —exclamó.

— ¡**GRRR**!
¡**GRRR**!
¡**GRRR**!

Lejos de dejarse intimidar, la mujer presionó hacia abajo con el trasero.

—¡ESTATE QUIETO DE UNA VEZ!

De repente, el **DESTO** se quedó completamente inmóvil.

—¡Ay, no!

¡Lo maté!

—exclamó la señora Dócil.

QUINTA PARTE

¡CATAPLUM!

Capítulo 31

LA MONTAÑA
DE POPÓ

En la casa reinaba un silencio sepulcral, hasta que la criatura cerró su único ojo, como si estuviera muy concentrada, y emitió un estruendoso ruido:

¡¡¡RATATATATÁ!!!

A continuación, se oyó el ruido de una gigantesca popó cayendo al suelo:

¡CHUF!

Aunque parezca mentira, la popó era más grande incluso que el propio **DESTO**.

El señor Dócil se levantó y contempló la montaña de excremento.

—¿Cómo es posible?

—Ni idea —repuso la señora Dócil—, pero al menos ahora sabemos para qué sirve cada agujero. El pobre pequeño **DESTO** estará ahí adentro.

—Me temo que no saldrá con vida —dijo el señor Dócil, reuniéndose con su mujer, que observaba la gran popó.

—Quién lo iba a decir...

—Desde luego.

Mientras tanto, la popó gigante desprendía un hedor tan intenso que hacía saltar la pintura de las paredes.*

Olía tan mal que hasta el DESTO parecía mareado. La pobre señora Dócil se tapó la boca y la nariz con el pañuelo.

—¡Hay que ver cómo apesta la «DESTO» del DESTO!

—No te preocupes, querida. ¡Yo me encargo! —se ofreció el señor Dócil, yendo por la escoba y el recogedor. Sin embargo, no tardó en comprender que eran ridículamente pequeños para semejante tarea.

—¡Déjame a mí! —replicó la señora Dócil.

Conteniendo la respiración, la mujer usó la escoba para barrer la popó hacia el jardín.

* CONSEJO PARA LOS DE MANTENIMIENTO: los excrementos de desto son una alternativa muy económica a los removedores químicos para eliminar el esmalte y la pintura de toda clase de superficies.

234

¡PAF!

¡PAF!

¡PAF!

—¡Listo! —exclamó, sacudiéndose las manos, muy orgullosa.

—Buen trabajo, querida.

—Gracias, querido.

Entonces se quedaron los dos mirando fijamente al **DESTO**, que había empezado a devorar el cereal del desayuno, cajas de cartón incluidas.

¡GRONF, **GRUNF,** GRONF!

Y cuanto
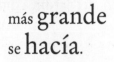 **más** comía,

más grande se **hacía**.

¡BURP!

—¿Qué demonios vamos a hacer con él? —se preguntó el señor Dócil.

Su mujer lo pensó unos instantes.

—¿Podrías llevarlo de vuelta a su casa?

—¿A su casa?

—Sí, a la jungla donde lo encontraste.

—¡Casi me muero para llegar hasta allí!

—Sí, pero es que me preocupa lo que pueda pasarle a Dalia si el **DESTO** se queda aquí. Si suelta una de esas popós sobre la niña, la entierra viva.

Por un instante, el señor y la señora Dócil se quedaron enfrascados cada quien en sus pensamientos. Pero sólo por un instante. Eran demasiado buenos para alimentar semejante fantasía.

Entonces el hombre tuvo una idea.

—¿Y si usamos el cobertizo del jardín como jaula?

—¿Para encerrar a Dalia?

—¡No, al **DESTO**!

—Ah, claro. Claro. No sé en qué estaría pensando. Creo que es una gran idea, querido.

—Muchas gracias, querida.

—¡**GRRR**! —gruñó el **DESTO**, entornando su único ojo.

El plan no le hacía ni pizca de gracia, así que se escabulló de la cocina a toda prisa, rebotando pasillo abajo.

¡BOING!

¡BOING!

¡BOING!

—¡Recórcholis!

—exclamó el señor Dócil—.

¡Se nos escapa!

Capítulo 32

CON LOS PELOS DE PUNTA

Mientras su hija seguía viendo *LAS CARI-CATURAS* tan ricamente en la sala, el señor y la señora Dócil perseguían al **DESTO** por toda la casa.

La criatura rebotó escaleras arriba...

¡BOING!

¡BOING!

¡BOING!

... tirando a su paso las fotos enmarcadas de la pared.

—¡GRRRRRRRRRRR!

Una vez arriba, se metió en el dormitorio y se dedicó a botar sobre la cama...

¡BOING!

¡BOING!

¡BOING!

... hasta que la rompió en dos. ¡CATACRAC!

—¡GRRRRRRRRRRR!

—¡PARA, **DESTO**, POR FAVOR! —gritaron los señores Dócil al unísono. Pero por más que le suplicaran, era en vano.

¡BOING! ¡BOING! ¡BOING!

A continuación, el **DESTO** se metió en el baño y se dedicó a botar sobre el escusado...

¡BOING!

¡BOING!

¡BOING!

... hasta que rompió la taza.

¡CLONC! ¡CLAC! ¡RAS!

—¡GRRRRRRRRRRR!

—¡¡¡NOOO!!!

El agua empezó a salir a chorros.

¡SPLOSH!

El señor y la señora Dócil quedaron mojados hasta los huesos en agua del escusado.

—¡EEECS!

¡BOING! ¡BOING! ¡BOING!

El **DESTO** se fue dando brincos hasta la habitación de Dalia, donde se dedicó a destrozar todas sus cosas.

¡RIS, RAS! ¡CHAS! ¡CATACROC!

—¡GRRRRRRRRRRRR!

El Seto a control remoto y su control a distancia: destrozados.

La estatua de Lord Nelson hecha pasas: nada más que añicos.

La Rueda de hámster de oro macizo: para tirar.

La Nuez inflable gigante: agujereada.

La Zarigüeya hecha jugo: derramada.*

---

* Buena noticia para las zarigüeyas, que en general no ven con buenos ojos que las conviertan en jugo. A ver, ¿a ustedes les gustaría?

—¡**DESTO**, PARA YA! ¡TE LO IMPLORAMOS! —gritó la señora Dócil.

— ¡GRₐRₐRRRRRₐ**RRRR**!

Al ver que no le quedaba nada que destrozar en el primer piso, la criatura botó escaleras abajo.

¡B O I N G ! ¡B O I N G ! ¡B O I N G !

Pero se embaló tanto en la bajada que se llevó por delante la puerta de la sala...

¡CATAPUMBA!

... que quedó hecha trizas.

¡CATACRAC!

— ¡GRₐRRRRRₐRRRₐ**RRRRRR**!

Luego rebotó por encima de Dalia, que estaba tumbada en el sofá...

¡B O I N G! —¡¡¡OYE!!!

... y sólo se detuvo al empotrarse contra la pantalla de la tele.

¡CRAC!

¡PFZZZ!

Y entonces la tele explotó.

¡BUUUM!

—¡¡¡PERO BUENO!!! —bramó la niña—. ¡¿Y AHORA CÓMO VOY A VER MIS *CARICA-TURAS*?!

En el instante en que sus padres irrumpían en la sala, el **DESTO** saltó, todo chamuscado y con los pelos de punta, de entre los escombros humeantes del aparato.

¡CHAS!

¡ALEHOP!

Cargado de electricidad, todo su cuerpo peludo despedía chispas.

—¡QUITEN A ESE **DESTO** DE MI VIS-
TA! —ordenó Dalia, poniéndose furiosa y pa-
teando el suelo con todas sus fuerzas.

¡PAM!

¡PAM!

¡PAM!*

La criatura se le quedó mirando, desconcerta-
da, y los padres de Dalia aprovecharon la ocasión.

---

* No es que Dalia tuviera tres pies, sino que pateaba el suelo
una vez con el pie izquierdo y dos con el pie derecho, de
ahí que haya tres «¡PAM!». Perdón por cualquier malen-
tendido que pueda haber ocasionado. Si Dalia tuviera tres
pies, ya lo habría comentado a estas alturas.

—¡AHORA! —ordenó la señora Dócil.

Marido y mujer se abalanzaron sobre el **DESTO**
y lo llevaron rodando hasta el jardín. Empujando
con todas sus fuerzas, lo obligaron a entrar en el
cobertizo y lo dejaron encerrado en su interior.

¡CLONC!

Luego se dieron la mano y volvieron corriendo
a la casa, sin imaginar siquiera la clase de horror
que los esperaba.

¡¡¡MUAJAJAJAJÁ!!!*

---

* Esto de aquí es una risa malvada.

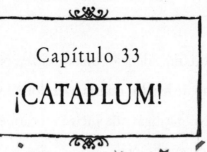

Capítulo 33

¡CATAPLUM!

¡BOOM!

El ruido de la explosión despertó a toda la calle.

El señor y la señora Dócil se levantaron de un brinco, como si acabaran de tener la misma pesadilla.

—¿Qué fue eso, querida? —preguntó el hombre.

—No lo sé, querido.

—Uno de los dos debería ir a echar un vistazo.

—Desde luego.

Hubo un silencio incómodo. Por supuesto, ninguno de los dos quería hacerlo.

—¡No me digas que vuelve a tocarme a mí! —exclamó el señor Dócil.

—¡Sí! **¡Mi héroe!**

—Ah, claro. Casi lo había olvidado. Resulta que ahora soy un héroe.

El hombre tragó saliva, se calzó las pantuflas, se puso la bata y bajó la escalera de puntitas. Luego, muy despacio y sin hacer ruido, abrió la puerta que daba a la parte trasera de la casa.

En el suelo había una astilla de madera que le resultó extrañamente familiar. Salió al jardín y vio más astillas desperdigadas por el césped.

—Se parecen mucho a la madera de mi cobertizo…

El señor Dócil no tardó en llegar al punto exacto donde debería estar la pequeña construcción de madera... de la que no quedaba ni rastro.

Peor aún: tampoco había ni rastro del **DESTO**.

¡TCHAN, TCHAN, TCHAAÁN...!*

Los cachivaches que el señor Dócil guardaba en el cobertizo también habían desaparecido. Las macetas, la regadera, la pala, el rastrillo, ¡hasta la máquina podadora! Entonces lo comprendió.

—¡CÁSPITA!

—Querido, ¿cómo va todo por ahí abajo? —preguntó la señora Dócil desde la ventana.

—No demasiado bien, querida.

—¿Y eso?

—¡Creo que el **DESTO** engulló todas mis herramientas de jardinería y se volvió tan grande que echó abajo el cobertizo y se escapó!

---

* Esto de aquí es una musiquilla dramática que sirve para darle más emoción a la historia. Al igual que la risa malvada, seguramente tiene más gracia si se lee en voz alta.

—¡Oh, no!

—Oh, sí.

—¿Y dónde se metió?

—No lo sé.

¡ZAS!

La ventana del cuarto de Dalia se abrió.

—¿QUIEREN CALLARSE DE UNA VEZ? ¡NO PUEDO DORMIR! —gritó la niña.

—Lo siento, bizcochito —contestó su padre—. No sabes cuánto lamento tener que darte otra mala noticia...

—¿QUÉ PASA AHORA?

—Bueno, este... verás...

—¡DESEMBUCHA, CARATRUCHA!

—El **DESTO** se escapó.

—¡YA ERA HORA! —exclamó la niña—. ¡No puedo ni verlo! Rompió todas mis cosas. ¡Espero que lo atropelle un camión!

En ese preciso instante, se oyó el chirrido de unos neumáticos derrapando sobre el asfalto.

¡ÑIIIIII!

¡CATAPLUM!

El señor Dócil miró hacia arriba y vio un camión surcando el cielo a toda velocidad.

¡FIUUU!

Hasta que se desplomó sobre el tejado de su casa.

¡CATACRAC!

—Yo diría que pasó justo al revés —observó el hombre.

Capítulo 34
FUGA DE ERUCTOS

La señora Dócil tuvo que usar todas sus fuerzas para tomar a Dalia en brazos y sacarla de la casa, que estaba a punto de venirse abajo.

¡CRAC! ¡PAM! ¡CATAPLUM!

En un dos por tres, la casa familiar quedó reducida a una gran montaña de escombros.

—Quién lo iba a decir... —dijo el señor Dócil.

—Desde luego —observó su mujer.

—¡¡¡BUAAAAAA!!! —aulló Dalia—. ¡Mis cosas! ¡Rompió todas mis cosas!

Entre los escombros, el señor Dócil distinguió un tarro.

—No todo está perdido, Dalia —empezó—. Aún tienes el tarro con eructos de Einstein.

Según lo decía, el hombre desenroscó la tapa y olisqueó el interior del tarro.*

—¡¡¡NOOO!!! —chilló la niña, quitándoselo de las manos—. ¡Dejaste escapar el eructo!

—Rayos, lo siento —dijo el hombre, intentando en vano volver a meterlo en el tarro.

Entonces la señora Dócil resbaló al pisar algo.

—¡Argh!

Su marido le tendió la mano para evitar que perdiera el equilibrio. Al mirar hacia abajo, el hombre vio LA MONSTRUOPEDIA intentando zafarse.

—¡ACHÚ! —estornudó el libro por culpa de la polvareda.

---

* Los eructos del célebre físico olían sobre todo a cebolla frita.

—¡Menos mal que LA MONSTRUOPEDIA se salvó! Podré llevarla a la **BIBLIOTECA** mañana a primera hora. ¡La multa no hace más que subir, ya debe de ir por 15 peniques!

Al agacharse para recoger el libro, el hombre se dio cuenta de que una enorme sombra se proyectaba sobre ellos.

—¡MIREN! —exclamó la señora Dócil.

El **DESTO** era ahora del tamaño de un pequeño satélite.

—¡GR**R**R! —gruñó la criatura.

Y entonces, como una pelota de basquetbol letal, se fue rebotando calle abajo...

¡Boing! ¡Boing! ¡Boing!

—¡GR**RRRRRRRRRR**!

... destruyendo cuanto encontraba a su paso. Aplastó coches.

¡CATACROC!

Torció faroles. ¡ÑEEEC!

Y arrancó árboles de raíz.

¡ZAS! ¡PAM! ¡CATAPUMBA!

Con tanto alboroto, todos los vecinos de los Dócil se habían despertado y, asomados a las ventanas de sus casas, veían cómo aquella inmensa bola peluda botaba a sus anchas por el barrio.

—¡SOCORRO! —gritó uno.

—¡QUE ALGUIEN LLAME A LA POLICÍA! —exclamó otro.

—¡DETENGAN A ESA COSA PELUDA! —bramó Raj, el quiosquero, que también era del barrio—. ¡Y TRÁIGANLA A MI TIENDA! ¡TENGO VARIAS OFERTAS ESPECIALES!*

* Raj siempre se enoja cuando no lo incluyo en uno de mis libros, así que aquí lo tienen. Vamos, ¿ya estás contento?

El chico rubio que vivía calle abajo, Tom, salió corriendo de su casa para ver más de cerca a la extraña criatura.

—¡Qué padre! —exclamó.

Estaba tan encandilado que no se dio cuenta de que el **DESTO** estaba a punto de aplastarlo.

¡BOING!

—**¡GRRRRRRRRRRR!**

Por suerte, el perro de Tom, un golden retriever llamado Eden, llegó a la calle justo a tiempo y apartó al chico de la trayectoria del monstruo.

¡ZAS!

La familia Dócil trepó a lo alto de la montaña de escombros que había sido su casa y contempló boquiabierta el caos y la destrucción que el **DESTO** sembraba a su paso.

¡BUUUM! ¡PAM!

¡CATACRAC!

—Creo que será mejor no decirle a nadie que el **DESTO** es nuestro —señaló el señor Dócil.

—Pero tenemos que asumir nuestra responsabilidad —discrepó su mujer—, y dar ejemplo a Dalia, ¡porque al fin y al cabo eso es lo que espera de nosotros!

—¡Uy, sí! —replicó la niña.

—De todos modos —dijo su madre—, ¡no podemos dejar que el **DESTO** destroce el barrio entero, el país entero, el mundo entero! ¡Tenemos que ir tras él!

—Oh, no —replicó el señor Dócil, volteándose hacia lo poco que quedaba de su coche. Tenía las ventanillas hechas trizas, el cofre todo abollado y una de las puertas medio arrancada.

—¡Yo regreso a la cama! —anunció Dalia.

—Ya no tienes cama —le recordó su madre.

—AH... ES VERDAD...

El señor y la señora Dócil subieron a su hija al asiento trasero del coche y así se fueron en plena noche.

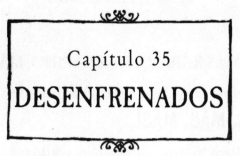

Capítulo 35
DESENFRENADOS

El señor Dócil puso en marcha los limpiaparabrisas para barrer los escombros que habían caído sobre el coche y aceleró al máximo tras los pasos del **DESTO**.

¡BRRRUM!
¡CATAPLÁN!

Una lluvia de objetos cayó sobre el coche mientras seguían la estela de destrucción dejada por la criatura.

Una bicicleta se estrelló contra el parabrisas.

—¡Ah! ¡Aire fresco! —observó la señora Dócil, que, como siempre, trataba de ver el lado positivo de las cosas.

—¡MÁS RÁPIDO, MÁS RÁPIDO, MÁS RÁ-PIDO! —gritó Dalia desde el asiento de atrás—. **¡MÁS, MÁS, MÁS!**

—¡Pero si voy a casi treinta kilómetros por hora! —protestó su padre.

—¡DIJE QUE MÁS RÁPIDO! —gritó la niña, y por si quedaba alguna duda, le dio una patada con una de sus pantuflas.

¡ZASCA!

—¡AAAY!

—**¡MÁS, MÁS, MÁS!**

El hombre pisó a fondo el acelerador, y el coche no tardó en alcanzar la vertiginosa velocidad de treinta y cinco kilómetros por hora.

¡¡¡BRRRUUUUUUM!!!

De hecho, rebasó al **DESTO**.

—Rayos, ¿dónde se metió? —se preguntó la señora Dócil, sacando la cabeza por la ventanilla.

El señor Dócil miró por el espejo retrovisor.

—¡Lo tenemos detrás!

¡PLONC!

El **DESTO** rebotó sobre el chasis del coche con tanta fuerza que lo hizo estallar en mil pedazos.

¡CROC, CRAC, CATAPLUM!

Y así fue cómo los Dócil se descubrieron patinando desenfrenados sobre la calzada en sus respectivos asientos.

¡FIUUU!

El señor Dócil seguía sujetando el volante, aunque el resto del coche había desaparecido.

—Querida, creo que habrá que llevar el coche al taller —apuntó el hombre mientras una de las ruedas traseras del vehículo lo adelantaba.

¡TRACATRACATRÁ!

Como si la situación no fuera ya bastante humillante, Dalia volvió a golpearlo con la pantufla.

¡ZASCA!

—¡PARA EL COCHE! —ordenó la niña.

El señor Dócil fue a pisar el pedal del freno, pero en su lugar sólo había aire, por lo que pisó la calzada.

—¡ARGHHH!

La fricción con el asfalto desgastó en pocos segundos la suela de la pantufla y el pobre hombre se quedó con la planta del pie en carne viva, pero por lo menos consiguió frenar un poco, lo que hizo que Dalia se estrellara contra el respaldo de su asiento.

¡CATAPUMBA!

—¡AAY!

Y entonces se empotraron los dos contra el respaldo del asiento de la señora Dócil.

¡CATAPLÁN!

—¡UUUY!

Y así fue como la familia entera acabó amontonada en medio de la calle.

—Tampoco fue para tanto —observó la señora Dócil.

Dalia, que había quedado debajo de sus padres, no compartía su optimismo.

—¡Me están aplastando, gordinflones!

Sus padres rodaron cada uno hacia un lado, y entonces la niña miró al cielo.

—¡Oh, no! —farfulló al ver el gran ojo saltón del **DESTO**, reluciendo de alegría y a punto de

desplomarse

directamente

sobre ella.

Capítulo 36

UNA PATADA EN...
LO QUE SEA

El señor y la señora Dócil tomaron a su hija por un brazo cada uno, tratando de ponerla a salvo. Sin embargo, como jalaban en direcciones

opuestas, Dalia no se movió ni un milímetro. Justo cuando el **DESTO** estaba a punto de estrellarse y convertir a la niña en papilla, Dalia alargó la pierna hacia arriba y le propinó una patada con todas sus fuerzas.

—¡TOMA ESTO, BOLA PE-
LUDA!

—**¡GRRR!** —aulló la criatura.

Era imposible saber cuál de los
extremos había alcanzado la niña
con el pie. Podía haberle dado una patada
en la boca, o podía habérsela dado en el trasero.*

El caso es que funcionó. El **DESTO** salió despedido...

¡FIUUU!

... y aterrizó unos pasos más allá.

¡PLOF!

Con aire lastimero, la criatura
rodó hasta detenerse al final de la
calle y soltó un gañido.

—**¡GAUUUUUU!**

---

* No recomiendo ninguna de las dos.

Una gran lágrima, del tamaño de una pelota de futbol, desbordó su ojo saltón y rodó por su cuerpo peludo.

—¡JA, JA, JA! —se burló Dalia—. ¡Si no es más que un gran gato asustado!*

Sintiéndose envalentonada, la niña fue hacia la criatura, caminando con torpeza por la falta de costumbre.

¡PLAF, PLAF, PLAF!

—Yo que tú no me acercaría demasiado, tesoro —le advirtió su padre.

—Vuelve, cariñito mío, por favor —suplicó su madre.

—¡QUE SE CALLEN YA! —fue la adorable respuesta—. ¡¡¡Le voy a dar otra patada!!! ¡Ahora sí que le va a doler!

---

* Sé que todos los gatos que me lean me acusarán de gatista por escribir esto. Mis disculpas.

—¡G**RRRRRRRRRRRRRRR**! —gruñó el **DESTO**, entornando el ojo.

Esta vez, no lo agarraría desprevenido. Cuando la niña fue a darle una patada, abrió mucho la boca (vamos a suponer que esta vez se trataba de la boca y no del trasero, por favor).

¡ÑACA!

Y la cerró en torno al tobillo de Dalia.

—¡ARGH! —chilló la niña—. ¡¡¡ME AGARRÓ EL PIE!!!

El señor y la señora Dócil acudieron corriendo para intentar liberar a su hija de las fauces del monstruo.

—¡SUÉLTALA, **DESTO**! —gritó el padre.

—¡POR FAVOR, **DESTO**, TE LO RUEGO! —suplicó la madre.

Sin embargo, antes de que pudieran alcanzarlo, el **DESTO** empezó a rodar calle abajo a gran velocidad, arrastrando a Dalia consigo.

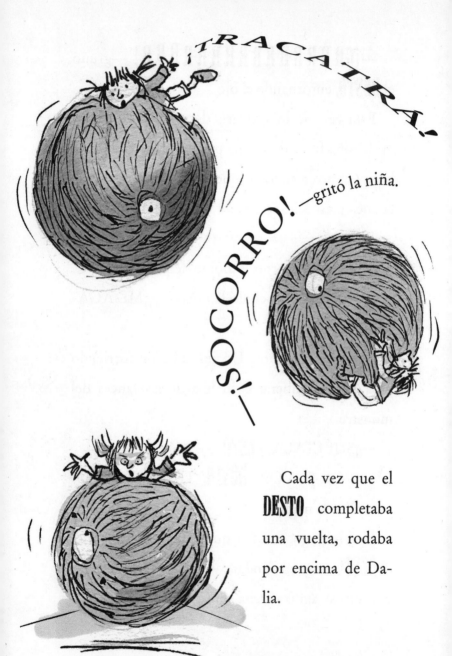

¡TRACATRÁ!

¡SOCORRO! —gritó la niña.

Cada vez que el **DESTO** completaba una vuelta, rodaba por encima de Dalia.

—¡AAAY, AAAY,

AAAY! —bramaba Dalia, aplastada bajo el peso de la gigantesca criatura.

Sus padres fueron tras ambos, pero el **DESTO** empezó a acelerar.

¡TRACATRACATRÁ!

Los ¡AAAY, AAAY, AAAY! sonaban cada vez más seguido.

Al poco rato, el **DESTO** rodaba a tal velocidad que no había manera de distinguirlo de la niña.

¡FUUUUUUUUUUUUUUUUUUUUUUUUUUUUU!

—¡Tengo gases! —se quejó el señor Dócil.

Su mujer se detuvo a consolarlo.

—¡Pobrecillo!

Sólo fueron unos segundos, pero ahora el **DES-TO** y Dalia estaban demasiado lejos para que pudieran alcanzarlos. Un pestañeo más y los habrían perdido de vista.

Los gritos de la niña resonaban a lo lejos, hasta que quedaron ahogados por la distancia.

—¡Adiós, tesoro mío! —gritó su madre.

—¡Adiós, princesa! —añadió su padre.

Y entonces se oyó algo que el señor y la señora Dócil no oían desde hacía mucho tiempo. No desde el día que Dalia había nacido.

El silencio.

La pareja se sonrió. Por primera vez desde hacía años, experimentaron una sensación de paz. El señor Dócil tendió la mano a su mujer, que lo miró con ternura. Agarrados de la mano, regresaron a lo poco que quedaba de su casa. Lo primero que hicieron fue, por supuesto, devolver LA MONS-TRUOPEDIA a la **BIBLIOTECA**. La multa ascendía ahora a la astronómica cifra de 10 peniques.

Capítulo 37
SILENCIO

Los meses fueron pasando sin que Dalia diera señales de vida. Nadie la vio, pese a que sus padres pusieron un cartel con su foto en la **BIBLIOTECA**.

Por supuesto, querían recuperar a su hija sana y salva. La vida no era lo mismo sin ella, aunque ya no tuvieran que cargarla hasta la escuela como si fuera un saco de papas. Tampoco tenían que comprar una tonelada de chocolate todas las semanas. Ahora po-

dían leer sus adorados libros de poesía en paz.
Podían despertarse por la mañana con el trinar de
los pajaritos en los árboles en vez de con sus berridos. Podían ver más cosas en la tele que **CARICA-
TURAS**.

EPÍLOGO

De hecho, fue precisamente mientras veían un documental sobre la naturaleza en la tele, varios años después, cuando al fin supieron qué había sido de su hija.

—Aquí, en **la más profunda, oscura y junglosa de las junglas**—iba diciendo en susurros el presentador, vestido como para un safari— habitan toda clase de criaturas curiosas que se creían extintas.

—¡Ahí fue donde encontré el **DESTO**! —exclamó el señor Dócil, casi atragantándose con el té. La señora Dócil y él estaban viendo la tele en su casa rodante, que habían dejado estacionada justo donde solía estar la casa familiar, reducida a escombros.

—A lo mejor nos dan alguna pista sobre el paradero de nuestra añoradísima hija —replicó la mujer.

Sentados al borde del sofá, los Dócil prestaron mucha atención.

En la pantalla, el presentador seguía hablando:

—Este rincón del planeta, tan recóndito que ni siquiera nosotros sabemos dónde estamos exactamente, es el hábitat natural de un sinfín de criaturas que nuestros antepasados consideraban monstruos, y de las que sólo tenemos constancia gracias a un libro antiquísimo que se perdió hace mucho, LA MONSTRUOPEDIA.

—¡Ése es el libro que encontramos en el sótano de la **BIBLIOTECA!**

—exclamó el señor Dócil, mojando una *galleta rellena de crema* en el té.

—Lo que verán a continuación son criaturas que nunca hasta hoy habían sido captadas por la cámara. Miren, eso de ahí es un **pedopótamo**.

Y ahí va una bandada de **chorlitos unialados**.

Ese reptil con dos ca-
bezas es un **croco-croco**.

Y eso que va dando
vueltas por encima de
mi cabeza, y el motivo
por el que este hemis-
ferio de la Tierra se ha visto sumido en la oscuridad, es un helifante en pleno vuelo. Sin
embargo, por estrafalarias y maravillosas que nos
parezcan estas criaturas, ninguna se puede compa-
rar al increíble **DESTO**.

—¡Ahí está! —gritó el señor Dócil, señalando la tele.

Una gigantesca bola peluda rodó hasta situarse en medio de la pantalla. El **DESTO** había crecido bastante más, y ahora era del tamaño de un planeta.*

—Este ser colosal y perfectamente esférico tiene un solo ojo y un orificio a cada lado, aunque nadie sabría distinguirlos, ni siquiera el propio **DESTO**. Desde luego es la más curiosa de todas las criaturas que habitan en **la más profunda y oscura de las junglas**, ¿no creen?

—¡SÍ! —contestaron al unísono el señor y la señora Dócil.

El presentador siguió a lo suyo.

—Ahora les presentaremos a una criatura tan insólita que ni siquiera figuraba en LA MONS-

---

* Un planeta pequeño, pero aun así...

TRUOPEDIA. Se trata de un animal nunca antes avistado por humanos, al menos que nos conste...

El señor y la señora Dócil se bajaron del sofá y pegaron la cara a la tele. En la pantalla apareció una criatura de lo más estrafalaria, desde luego. Era altísima y delgadísima, como si la hubieran aplanado con un inmenso rodillo de cocina.

—Su forma es casi humana —reveló el presentador—, pero no es uno de nosotros, eso está claro. Esta criatura vive recubierta de barro en los pantanos de la más profunda, oscura y junglosa de las junglas, donde se alimenta de gusanos y serpientes bicolor. El único sonido que emite es «**¡MÁS!**».

Justo entonces, como si estuviera ensayado, la criatura emitió un estruendoso «**¡MÁS!**».

El señor y la señora Dócil conocían ese sonido.

—**¡DALIA!** —exclamaron al unísono.

—¿No deberíamos intentar rescatarla? —preguntó el hombre.

La señora Dócil vio en la pantalla cómo su hija le daba un buen mordisco a un gusano gigante.

¡ÑACA!

—Yo la veo bastante contenta —concluyó.

—Tienes razón —dijo su marido—. ¿Para qué arruinarle la fiesta?

El presentador seguía hablando fuera de pantalla.

—Por lo que hemos podido observar a lo largo de los últimos meses, esta criatura es sin duda la más temida de cuantas viven en la más profunda, oscura y junglosa de las junglas. Cuando se acerca, todos los animales huyen despavoridos.

Como para demostrarlo, Dalia se abrió paso entre los árboles dando pisotones...

¡PLOF!

¡PLOF!

¡PLOF!

... y entonces el **pedopótamo** usó sus explosivas flatulencias para poner tierra de por medio.

¡PFFF!

El helifante echó a volar y se encaramó a un árbol.

¡FLAP, FLAP, FLAP!

Y el DESTO rodó en la dirección opuesta.

Sin embargo, no era lo bastante rápido para escapar a los larguísimos brazos de Dalia.

—¡GRRR! —gruñó el DESTO.

Dalia lo levantó por encima de la cabeza...

—¡GRRR!

... y lo arrojó directamente al presentador.

¡ZAS!

—¡GRRRRRRRRRRRRR!

¡CATAPUMBA!

—¡ARGH! —gritó el hombre.

Y entonces la pantalla se fundió a negro.

—Quién nos lo iba a decir... —dijo la señora Dócil.

—Desde luego —asintió su marido.

A la mañana siguiente, el señor y la señora Dócil se despertaron con la sensación de que tenían que hacer algo, aunque no sabían exactamente qué. Cuando llegaron a la **BIBLIOTECA**, antes de abrir al público, lo primero que hicieron fue bajar los escalones que conducían al tenebroso sótano. Allí estaba el viejo libro encuadernado en piel y recubierto de polvo que los había llevado a embarcarse en esta aventura, LA MONSTRUO-PEDIA.

—¿Tienes una pluma, querido? —preguntó la señora Dócil.

—Ten, querida —contestó el hombre, tendiéndole su pluma fuente.

El libro saltó a una mesa y se abrió solo como por arte de magia.

¡FLOP!

La señora Dócil buscó una página en blanco y empezó a escribir.

Por fin,
LA MONSTRUOPEDIA
estaba
completa.

DALIA
SALVAJE
APLANADUS

*E*sta criatura de cuerpo sorprendentemente achatado sólo se encuentra en la más profunda, oscura y junglosa de las junglas. Habita en los pantanos, donde se pasa la vida engullendo gusanos gigantes, gritando «¡MÁS!» y en general amargando la vida a los demás animales de la jungla. La dalia salvaje aplanadus es una criatura sumamente peligrosa a la que no hay que acercarse bajo NINGÚN concepto. Es un MONSTRUO en toda regla, motivo por el que figura entre las páginas de este libro.

—Gran trabajo, querida.

—Gracias, querido.

—¿Quieres una taza de té y una galleta?

—**¿*Rellena de crema?***

—Desde luego.

Así que ya lo ven, el señor y la señora Dócil tenían una hija que era un auténtico monstruo, y ahora sabemos adónde van a parar los monstruos: a **la más profunda, oscura y junglosa de las junglas**. Ténganlo presente, niños, y

PÓRTENSE BIEN,

no vaya a ser que acaben haciéndole compañía.

FIN

La increíble historia de la cosas más rara del mundo de David Walliams
se terminó de imprimir en el mes de marzo de 2020
en los talleres de
Diversidad Gráfica S.A. de C.V.
Privada de Av. 11 #1 Col. El Vergel, Iztapalapa,
C.P. 09880, Ciudad de México.